AF461000

# LETTRE

DE

# M^GR^ L'ÉVÊQUE D'ORLÉANS

A

UN MEMBRE DE L'ACADÉMIE DE SAINTE-CROIX

PARIS. — IMP. SIMON RAÇON ET COMP., RUE D'ERFURTH, 1.

# LETTRE

DE

# Mgr L'ÉVÊQUE D'ORLÉANS

A

UN MEMBRE DE L'ACADÉMIE DE SAINTE-CROIX

SUR LES ÉTUDES QUI PEUVENT CONVENIR AUX LOISIRS
D'UN HOMME DU MONDE

PARIS
CHARLES DOUNIOL, LIBRAIRE-ÉDITEUR
29, RUE DE TOURNON, 29

1865

# LETTRE

DE

# Mgr L'ÉVÊQUE D'ORLÉANS

A

## UN MEMBRE DE L'ACADÉMIE DE SAINTE-CROIX

### SUR LES ÉTUDES QUI PEUVENT CONVENIR AUX LOISIRS D'UN HOMME DU MONDE

Mon cher ami,

Il est, dans notre état actuel de société, une situation qui a bien souvent appelé les plus sérieuses pensées des hommes réfléchis, c'est celle de ce grand nombre de jeunes gens et d'hommes de notre temps, qui ont de la fortune, ou simplement de l'aisance et des loisirs, et, par suite de circonstances plus ou moins indépendantes de leur volonté, n'ont pas pris de carrière : quel emploi font-ils, et surtout quel emploi pourraient-ils faire de ces loisirs pour la culture de leur intelligence et le développement de leurs talents? C'est là une grave préoccupation dont il est impossible de se défendre, quand on s'intéresse à son pays et à son temps, et une question sur laquelle, puisque vous le désirez, je serais charmé de vous dire ici, dans la simplicité d'un familier entretien, mes expériences et mes pensées, et d'offrir en même temps, soit à vous d'abord, soit à vos collègues, quelques conseils qui pourront avoir une portée plus générale, et être utiles à tous ceux qui en sentiront le besoin et voudront bien les accueillir.

# I

Il y a parmi nous, qui ne le sait? une démarcation profonde entre ce qu'on appelle les hommes du monde et les hommes d'étude; c'est-à-dire que généralement dans le monde, à très-peu d'exceptions près, quand on n'est pas littérateur ou savant de profession, et qu'on n'a pas embrassé une carrière, on n'étudie plus; on croit devoir cesser tout sérieux travail d'esprit dès qu'on est sorti du collége.

Le chancelier d'Aguesseau n'était pas dans ces pensées, lorsqu'il écrivait autrefois à son fils ces graves paroles : « Ne croyez pas avoir « tout fait, parce que vous avez fini heureusement le cours de vos « premières études : un plus grand travail doit y succéder, et une « plus longue carrière s'ouvre devant vous. Tout ce que vous avez « fait jusqu'à présent n'est encore qu'un degré ou une préparation « pour vous élever à des études d'un ordre supérieur. »

Je ne sais s'il se trouverait aujourd'hui beaucoup de pères pour tenir à leurs fils ce langage ; on reconnaîtra du moins que les paroles de ce grand magistrat s'appliquent merveilleusement aux études et aux jeunes gens d'aujourd'hui, surtout à ce nombre considérable de jeunes gens qui ne prennent pas de carrière, et desquels on dit généralement dans le monde qu'ils ne font rien.

Je n'ai pas à rechercher ici quelles causes ont amené cette fuite des carrières, cette retraite dans la vie privée ; jusqu'à quel point elle est légitime et honorable, et quelles compensations on pourrait y trouver : j'ai dit ailleurs et assez fortement ma pensée sur tous ces points.

Mais la situation étant donnée, et me plaçant ici au point de vue particulier des études libérales, et de ces travaux de l'esprit, qui non-seulement pourraient offrir un noble et charmant emploi des loisirs, mais sont de plus si bien faits pour donner à un homme une valeur personnelle, je me demande ce que deviennent, et ce que pourraient devenir, à ce point de vue, les jeunes gens et les hommes de fortune et de loisir qui n'ont pas de carrières?

Et d'abord, les jeunes gens, que font-ils? A quoi se passent leurs longues journées? Que demandent-ils aux riches facultés que Dieu souvent leur a données? Que savent-ils tirer d'eux-mêmes? La vérité est qu'un grand nombre, les premières études terminées, ne font plus rien, pas même leur Droit; car est-ce faire son Droit que de le faire avec la vulgarité, la légèreté qu'on y met si souvent, sans vues élevées, sans rien approfondir, pour se hâter ensuite, les premiers grades pris, de fermer les livres de Droit comme on a fermé tous les autres?

Je le demande, une jeunesse ainsi passée, quand elle ne ruine pas absolument l'esprit, le cœur, la vie entière, quels fruits produit-elle? quels talents peut-elle développer? quels hommes prépare-t-elle pour l'avenir d'un pays?

Je prends les meilleurs de ces jeunes gens, — ceux qui, grâce à des influences d'éducation et de famille, ont eu le bonheur de se conserver bons et honnêtes, — la jeunesse écoulée, que deviennent-ils? Savent-ils alors du moins s'occuper? Non; hommes faits, ils continuent l'oisiveté d'esprit où s'est passée leur première jeunesse : ils s'en tiennent à ces études classiques, d'ordinaire si médiocres; et, satisfaits des commodes avantages d'une existence assurée et tranquille, ils passent le reste de leur vie dans l'abandon de tout travail d'esprit, non seulement sans rien produire, mais sans jamais rien étudier avec constance, sans rien apprendre à fond; les moins désœuvrés, avec un semblant d'occupation qui les trompe et les amuse, mais ne les mène à rien, ni pour eux ni pour les autres.

Plusieurs lisent, je le sais, et beaucoup trop quelquefois. Car que lisent-ils? et comment? Avec quelle méthode, quelle suite, quelle application? Ces lectures, je les ai prises sur le fait : j'en ai vu de ces jeunes gens, dans leur cabinet, enveloppés dans leur robe de chambre, étendus dans leur fauteuil et les pieds sur leurs chenets, un livre frivole, un roman, à la main : c'était tout. D'autres choisissent mieux leurs livres, mais lisent sans jamais prendre une note, rien résumer, rien rédiger. Je me souviens d'avoir vu dans quelques notes de M. de Talleyrand, ces paroles : « Il est bien plus doux et plus paresseux de lire que d'écrire. » Lire et faire de sa lecture un travail, lire et profiter de ses lectures, c'est ce qui se fait rarement.

Voilà, sans aucune exagération, la vérité des choses, sur une infinité de jeunes gens et d'hommes, admirablement doués quelquefois, qui pourraient tirer étonnamment d'eux-mêmes, s'ils savaient cultiver leur intelligence, et auxquels il ne manque pour devenir des hommes distingués, supérieurs peut-être, qu'un meilleur emploi de leur temps et de leur vie.

Or, que cette perte du temps et de la vie soit lamentable, et toute cette situation profondément triste, c'est ce que sentent et avouent ceux-là mêmes qui s'y résignent. Les futiles plaisirs peuvent amuser quelques années, à l'âge de l'irréflexion et de la légèreté; mais on finit bientôt par en sentir le vide; et la satiété, le dégoût, l'ennui ne tardent pas à arriver.

Il ne se peut pas qu'on écarte toujours toute réflexion, qu'on ne se dise parfois à soi-même : Mais à quoi bon ma vie, et que fais-je sur la terre? Stérile, inutile aux autres et à moi-même, est-ce pour cela qu'un homme, qu'un chrétien est ici-bas?

Et si ce n'est pas l'aiguillon des nobles pensées qui vient secouer l'habituelle oisiveté, la molle inertie, on ne peut échapper du moins à un triste regard sur soi-même, et à la douloureuse conscience de son infériorité. On sent qu on s'affaiblit, qu'on s'annule. Les plus riches dons reçus de Dieu périssent; l'esprit s'émousse, l'activité de la pensée se ralentit, tout élan de l'âme s'arrête. En peu de temps, avec quelque talent que l'on soit né, on devient un homme ordinaire, et si l'on n'a qu'un esprit médiocre, il est difficile de dire jusqu'à quelle vulgarité d'âme et de vie on peut descendre. Qui n'a vu cela autour de soi? D'ailleurs, quoi qu'on fasse, il faut traiter avec les hommes, et sans cesse, dans le monde, on a d'humiliantes révélations du peu que l'on est, de son impuissance à manier une affaire, à exercer un ascendant, à prendre une autorité quelconque dans une assemblée : je ne parle pas seulement des grandes assemblées du pays, des conseils généraux, d'un Corps législatif, d'un Sénat; je parle de la moindre assemblée où l'on se rencontre avec ses égaux, quelquefois avec ses inférieurs, d'un bureau de bienfaisance, ou d'un simple conseil municipal, où l'on est appelé, ne fût-ce que par sa fortune et à titre de plus imposé, et où l'on est incapable de défendre, contre les sophismes et les sarcasmes grossiers du philosophe de l'endroit, ni les droits de la religion, ni les intérêts de la commune, ni les besoins de la charité et des pauvres.

Croira-t-on trouver une compensation dans la vie privée, dans le bonheur de la famille? Eh bien, à ne regarder même que l'existence privée, eût-on en effet ce grand bien d'une vie de famille heureuse, les douceurs d'une alliance bénie de Dieu, l'affection, la tranquillité, le repos du foyer domestique, je dis que ce commode bonheur et ces tranquilles vertus ne suffisent pas à eux seuls pour remplir l'âme, occuper les longues heures du jour et tenir lieu de tout sur la terre.

Outre que la conscience de son inutilité est pour tout homme de cœur, et surtout pour tout chrétien, un pesant fardeau, un homme qui ne fait rien fait bientôt le mal; et quand il n irait pas aux excès qu'enseigne l'oisiveté, il n'en serait pas moins tristement à charge à soi-même et aux autres; qui ne sait combien un homme oisif pèse dans sa famille, sur sa femme, ses enfants, tout le monde? Il donne de plus un exemple déplorable à ses fils. L'expérience m'a démontré plus d'une fois qu'il n'y a rien de plus difficile que de faire travailler et d'élever sérieusement un enfant dont le père ne fait rien. Quand on lui dit : « Que ferez-vous un jour? » il a une prompte et simple réponse : « Je ferai comme mon père. »

Assez souvent j'ai averti de ce péril et déclaré bien haut à ceux que cela regarde, où aboutit la fuite du travail, à quels malheurs l'inertie et l'oisiveté entraînent les grands noms, les grandes familles, les grandes fortunes. Je n'ai rien à en redire ici.

Mais cette première catégorie de jeunes gens et d'hommes du monde n'est pas la seule chez qui cette perte du temps et cette absence du travail élevé de l'esprit se fassent remarquer : ma pensée s'est souvent arrêtée avec regret sur d'autres hommes, sur d'autres vies, plus occupées, où cependant bien des loisirs m'apparaissaient encore, loisirs qu'on emploie souvent en pure perte, en futilités quelquefois étonnantes chez des hommes graves, quand il serait si facile de consacrer une partie de ces loisirs à étendre ses connaissances et à se donner une féconde culture d'esprit.

Je m'explique.

Ma conviction est que dans les carrières même les plus libérales, il se fait une déperdition de temps et de forces considérable, et que si chacun voulait s'interroger sérieusement sur ce point capital, beaucoup d'hommes, même occupés, trouveraient qu'ils ne font pas ce qu'ils peuvent faire, et par suite qu'ils ne sont pas ce qu'ils devraient être.

Parcourez en effet les différentes carrières sociales, depuis les plus élevées jusqu'aux plus humbles. Voici d'abord les magistrats, les hommes du barreau : carrières éminemment libérales. Eh bien, aux jeunes magistrats, aux hommes du barreau, j'oserais conseiller aussi de ne pas s'emprisonner dans leurs études spéciales, d'en sortir quelquefois, et de porter sur d'autres branches du savoir humain l'activité d'un esprit si bien préparé d'ailleurs par ces études mêmes. Je n'ignore pas combien une vie de magistrat, d'avocat, est noblement occupée : néanmoins, qui ne sait ce qu'un grand nombre d'entre eux ont de loisirs, dont ils pourraient tirer un profit immense pour d'autres travaux? Pourquoi, par exemple, ne pas unir à la science du Droit et des affaires les études littéraires, historiques, philosophiques? Dans ces études, dans cette haute culture de l'esprit et de toutes les facultés brillantes de l'âme, il y a plus encore qu'un charme; il y a une lumière et un secours pour la science du Droit elle-même et pour le talent de la parole. Est-ce que la parole d'un magistrat ou d'un avocat lettré, philosophe, versé dans l'histoire, et profondément instruit de sa religion, comme le fut notre Pothier, comme l'étaient les grands magistrats du dix-septième siècle, n'emprunterait pas à ces connaissances une élévation, un attrait, une gravité, une dignité, une puissance de plus? Est-ce qu'il n'y a pas, entre les facultés de l'esprit humain, de secrètes harmonies? Est-ce que toute culture élevée, généreuse, féconde, ne profite pas, en définitive, à l'esprit lui-même, et ne grandit pas l'homme tout entier?

Ce que je dis des magistrats et des avocats, de combien d'autres ne pourrais-je pas le dire? C'est une noble profession et qui exige une sérieuse culture intellectuelle que celle des ingénieurs; mais leurs sciences spéciales, ce sont les sciences exactes. Or y a-t-il tout dans ces sciences? Et si importantes qu'elles soient, s'y tenir rigoureusement cantonné, ne serait-ce pas se fermer plus d'un grand horizon, et laisser en souffrance de riches facultés et de nobles besoins de l'âme? Au contraire, unir aux savants travaux des ponts et chaussées de belles et intéressantes études littéraires, comme on nous en offre le spectacle dans notre ville même d'Orléans, n'est-ce pas s'honorer, s'élever, s'agrandir encore?

Et les militaires eux-mêmes? Qui ne connaît les loisirs, les ennuis et les dangers de la vie de garnison? On le sait, à une telle vie, les jeunes gens si distingués, qui sortent de nos écoles Polytechnique et de Saint-Cyr, ne peuvent rien gagner pour leur développement intellectuel, et j'ajouterai pour leur vie morale et chrétienne; et si tout d'abord ils ferment les livres, s'ils se désaccoutument de l'étude sérieuse, s'ils ne passent qu'au café les loisirs qui leur restent, il ne se peut qu'à la longue leur esprit n'en souffre étrangement, et que, malgré les manières élégantes qu'ils peuvent conserver encore, on ne sente en eux, quand on les fréquente, une pensée qui ne se meut plus que dans un horizon abaissé, et quelquefois même une langue qui n'est plus assez celle de la société française. Et cependant, que de ressources n'offrent pas à un militaire studieux et instruit les bibliothèques de nos grandes villes! Je suis sûr que les hommes remarquables, que nous avons en si grand nombre dans l'armée, sont ceux qui ont su mettre à profit ces ressources et ces loisirs.

N'est-il pas vrai encore que, dans nos innombrables administrations, nos bureaux de toutes sortes, une quantité d'hommes, de jeunes gens, s'ils ne se désaccoutumaient pas déplorablement du travail d'esprit, pourraient trouver aussi un temps précieux pour de bonnes et religieuses études?

Et parmi les hommes d'affaires, les hommes de finance, et ces hommes du haut commerce, qui ont quelquefois tant de talent naturel, combien n'y en a-t-il pas qui, avec une sage direction et une volonté persévérante, pourraient se mettre, par la culture de leur intelligence, à la tête d'une cité !

Je le dirai à tous ces hommes : mais n'est-ce pas même là un besoin pour vous? Quand vous sortez de vos bureaux ou de vos comptoirs, ne sentez-vous pas qu'il vous faut un air plus pur et un horizon plus large? que votre âme, fatiguée, resserrée, demande à respirer, à se dilater plus à l'aise dans une région plus élevée?

Mais, direz-vous, après une journée consacrée aux affaires, le seul besoin que l'on éprouve, c'est de retrouver sa famille, c'est de se réunir dans une causerie d'amis ou un honnête divertissement. J'admets certes ce besoin, et suis loin d'y contredire; mais ce qui reste vrai néanmoins, c'est qu'il serait possible et très-désirable de trouver aussi quelque temps pour la vie intellectuelle ; c'est qu'il y a dans la culture de l'esprit une nécessité de premier ordre, qu'il ne faut pas sacrifier.

De bonne foi, je le demande à tout jeune homme intelligent, à ceux-là même qui travaillent dans les bureaux plusieurs heures chaque jour : quoi! vous ne pourriez pas trouver, soit le matin, soit le soir, régulièrement, une heure ou deux pour des études suivies, qui vous apprendraient une foule de choses que vous ignorez?

Non, ce n'est pas ici une question de temps, c'est une question de bonne volonté. Il s'agirait de comprendre ce qui vaut mieux pour vous de la paresse du matin et des futiles amusements du soir, ou des études sérieuses qui pourraient combler tant de lacunes dans vos connaissances, et vous donner une valeur intellectuelle que vous n'avez pas et que vous pourriez avoir? Embrassez moins de choses, je le veux bien, n'ayez qu'un cercle d'études circonscrit; mais ayez au moins quelque travail suivi qui entretienne la vigueur de votre intelligence et empêche cette rouille que contracte à la longue tout esprit qui ne s'exerce pas.

Vous, artistes, qui sculptez le marbre, ou qui animez la toile, est-ce que vous ne sentez pas que les arts touchent aux lettres, à la poésie, à l'histoire, à la religion, et que le commerce avec les grands génies de l'antiquité et du christianisme ne peut qu'élever votre âme et y susciter l'enthousiasme?

N'a-t-on pas même vu autrefois des imprimeurs, des libraires, les Estienne, par exemple, nom mémorable, qui marchaient à l'égal des premiers hommes de leur temps pour l'érudition et la science? Aujourd'hui nous avons encore dans nos grands typographes, MM. Mame, Didot, Hachette, Delalain, Dézobry, pour ne nommer que ceux-là, des hommes d'une vraie culture d'esprit en même temps que d'une grande capacité industrielle : pourquoi nos imprimeurs et nos libraires ne seraient-ils pas tous lettrés, dans cette mesure au moins qui est si nécessaire à leur profession?

Vous le voyez donc, mon ami, j'invite aux études suivies, élevées, libérales, religieuses, non pas seulement les jeunes gens, les hommes de fortune et de loisir qui n'ont pas de carrière, mais encore les hommes qui en ont une, quelle qu'elle soit, judiciaire, administrative, militaire, commerciale ou industrielle. Assurément ce n'est pas l'abandon de leur profession spéciale que je viens conseiller à ceux-ci; mais ce que je maintiens, c'est qu'il ne leur est nullement impossible et qu'il leur serait infiniment avantageux d'élargir leur horizon, d'élever le niveau de leur esprit, et c'est à eux aussi, dans la mesure qui convient, que s'adressent les conseils que j'offre ici.

Mais, je dois l'ajouter, ce n'est pas toujours la bonne volonté qui manque, ni le désir de travailler et de faire quelque chose. Il faut en convenir, avec les distractions inévitables de la vie du monde et dans l'isolement où l'on se trouve d'ordinaire, il y a pour des études sérieuses, bien conduites, de réelles difficultés : beaucoup moindres cependant qu'on se l'imagine; ce que nous allons dire le montrera surabondamment.

Il est vrai, d'ordinaire on n'a ni une excitation puissante, ni un but prochain, et un emploi actuel de son travail, ni surtout, ce qui importe tant, un bon plan, une bonne méthode.

On ne sait pas même quelquefois ce qu'il faut étudier, ni les livres qu'on pourrait lire.

On sait encore moins la manière de lire et d'étudier avec fruit.

Travailler ainsi dans le silence, en son particulier, seul et sans guide, et, ne pas éparpiller ses lectures, ses essais, mais suivre un plan qui coordonne et ramène à l'unité tous les efforts, une méthode qui permette de tirer profit de tout ce qu'on lit, voilà le difficile. Que de fois j'ai reçu sur ce point des confidences désolées! Combien n'ai-je pas vu de jeunes hommes ou d'hommes déjà mûrs, venir à moi et me dire avec tristesse : « Vous voulez que je travaille; mais que faire? Travailler, mais comment? Quel est le plan, la méthode, les livres? »

C'est, préoccupé du désir de venir en aide à cette bonne volonté, et attristé en voyant cette déperdition de tant de talents, cette inutilité de tant de vies, que j'ai songé à exposer ici mes pensées sur les études qui conviennent aux loisirs d'un homme du monde, et que je veux même essayer de tracer un plan, une méthode facile et pratique pour chaque branche des études. — Et c'est dans le même but, mon ami, que j'ai fondé à Orléans, à côté de celles qui existaient déjà, une nouvelle société littéraire, votre Académie de Sainte-Croix. Je vous ai dit à vous, et à quelques hommes sérieux et studieux comme vous : « Vous vous plaignez d'être isolés : eh bien, rapprochez-vous, réunissez-vous, formez un centre qui vous rallie, un foyer qui vous échauffe, une société d'amis et d'émules, travaillant chacun selon son goût et ses aptitudes, se communiquant leurs travaux dans des réunions périodiques, les soumettant à une critique mutuelle et bienveillante. »

Il m'a paru que c'était là un moyen excellent et facile pour tirer les esprits de l'isolement qui paralyse, les exciter les uns par les autres, et créer, dans une ville, où tant d'éléments pour une société de ce genre se rencontraient, un actif mouvement d'études, une noble et féconde émulation de sérieux travaux littéraires.

Mais vous l'avez senti comme moi, mon ami, pour tout homme qui veut étudier, un plan d'études, une bonne méthode de travail, c'est par là qu'il faut commencer. « L'essentiel, disait à son fils le chancelier « d'Aguesseau, est de vous former d'abord un plan général des études « que vous êtes sur le point d'entreprendre, de suivre ce plan avec « ordre et fidélité, et surtout de ne point vous effrayer de son étendue. Ce n'est pas ici l'ouvrage d'un jour ni même d'une année ; « mais, quelque long qu'il puisse être, si vous êtes exact à en exécuter « tous les jours une partie, vous serez comme ceux qui, dans les travaux qu'ils font faire, suivent toujours un bon plan, sans jamais « changer. Comme ils ne perdent point de temps, ils mettent à profit « toute la dépense qu'ils font. Insensiblement, l'édifice s'élève, les ouvrages s'avancent, et, quelque lent qu'en soit le progrès, on arrive « toujours à la fin qu'on se propose, pourvu que l'on marche constamment sur la même ligne et qu'on ne perde jamais de vue le plan « que l'on s'est formé une fois. »

Ces paroles de d'Aguesseau sont le bon sens même : il est évident qu'il n'y a rien à faire, quand on n'apporte pas l'ordre et la méthode, la suite et la patience dans ses travaux ; mais, *marcher constamment sur la même ligne et ne perdre jamais de vue le plan que l'on s'est une fois formé*, quand on a ce courage et cette persévérance, voilà ce qui mène à bonne fin les études comme toute chose. Les longs et grands ouvrages ne se font pas autrement. C'est là que, dans tout ordre d'idées, est le secret des grandes œuvres. On a dit que le génie n'était qu'une longue patience : ce qui est incontestable, c'est que la longue patience est nécessaire au génie lui-même ; le talent, sans les labeurs persévérants, pourra bien jeter quelque lueur, quelque flamme, mais n'arrivera jamais à rien de sérieux, de considérable. Ce qu'on peut, au contraire, en marchant constamment vers le même but, en faisant chaque jour un pas dans le même sillon, est incroyable.

La nécessité d'un plan d'études bien comprise, la question qui se présente est celle-ci : Quel sera ce plan d'études ?

Certes, le champ est vaste ou plutôt sans bornes. La Littérature, l'Histoire, la Philosophie, le Droit, l'Esthétique, les Arts, l'Archéologie, les Sciences, l'Agriculture, et surtout la Religion, voilà autant de belles et grandes études qui sollicitent tout homme désireux d'une large et forte culture d'esprit.

Mais, avant d'exposer en détail ma pensée sur chacun de ces grands objets d'études, quelques observations générales sont nécessaires.

1° Et d'abord, ne va-t-on pas se récrier et dire : — Quoi ! tout cela à étudier ? Mais c'est immense ! mais la vie d'un homme n'y suffirait pas ! — Qu'on le veuille bien comprendre : je ne prétends dire en aucune façon qu'il soit nécessaire, pour chacun, de se jeter sur toutes ces études à la fois, ou du moins de les pousser toutes également loin. Ce serait tout simplement impossible. C'est même cette multiplicité d'études, entre lesquelles ils ne savent pas choisir, qui en arrête plusieurs, ou qui annule leur travail en le dispersant. On ne sait laquelle prendre de toutes ces voies ; on hésite, on tâtonne, on revient sur ses pas, on perd son temps et sa peine, et finalement on se décourage.

En plaçant sous vos yeux, mon ami, et en présentant à tous ceux qui voudront bien me lire cette variété d'études possibles, je ne conseille qu'une chose, c'est que, parmi toutes ces études, chacun choisisse celles qui vont le mieux à son esprit et à ses études antérieures, celles en un mot pour lesquelles chacun se sent plus d'attrait et d'aptitude. — Mais, me dira-t-on peut-être, je ne me sens un goût prononcé pour rien : je n'ai point de spécialité. — Vous vous trompez, répondrai-je, chacun a ses aptitudes propres. Les vôtres sont latentes peut-être et ignorées de vous-même ; mais elles existent, et c'est le travail, l'étude assidue et suivie qui bientôt vous les révélera. Que de spécialités l'étude a ainsi fait surgir, qui périssaient dans l'oubli et l'ignorance d'elles-mêmes ! Après quelque temps de travail, pénible peut-être dans les commencements, infructueux en apparence, tout à coup des horizons s'ouvrent à la pensée, un attrait naît dans l'âme. On s'est découvert soi-même.

Je me borne donc ici à offrir, selon la diversité des esprits, diverses branches d'études : je ne prétends pas les imposer toutes à tous, et, sauf la Religion, qui est pour tous l'étude nécessaire, j'incline chacun du côté où il penche, je demande à chacun d'entrer dans sa voie.

2° Mais ce que je conseille sans hésiter à tous sans exception, ce qui est facile, ce qui n'est pas d'un grand travail, et ce qui sera d'un immense profit, c'est de revoir ce qu'on a déjà vu, c'est de rapprendre ce qu'on a su, c'est de poursuivre ce qu'on a commencé. Vous avez passé de longues années à étudier les langues anciennes ou modernes, l'histoire, la géographie, les sciences. Hélas! peu de temps a suffi pour emporter une partie de ce que vous avez laborieusement appris. On oublie si vite les faits, les détails, la pure science. — La vérité est que tout s'efface et se perd ; il n'y a qu'une chose qui reste, le talent, c'est-à-dire la force acquise par l'étude, le goût, le style, la grande forme littéraire. — Eh bien ! je ne voudrais pas qu'on laissât rien perdre de ce qu'on a possédé ; je voudrais qu'on commençât par reprendre, d'un point de vue supérieur, les études auxquelles on s'est déjà livré. Avez-vous fait vos humanités? dirai-je à un jeune homme qui veut entrer dans la voie du travail utile. Eh bien ! revenez-y : moins difficile que vous ne croyez sera cette seconde étude ; et avec combien de fruit et de charme les retrouverez-vous, ces anciens auteurs, ces illustres génies, et combien de choses, que vous n'y aviez jamais soupçonnées peut-être, vous y admirerez, y revenant éclairé, mûri par l'âge, les étudiant, non plus par fragment, mais dans leur ensemble, en homme, non plus en enfant !

De tous les conseils que je me propose d'offrir ici, celui-ci est peut être tout à la fois le plus utile et le plus facile à suivre. A lui seul, ce conseil suffirait pour atteindre en grande partie le but que je propose, pour occuper avec honneur et profit les loisirs d'un homme du monde, et lui donner une distinction d'esprit peu commune assurément.

3° J'ajouterai enfin un conseil d'une utilité capitale pour quiconque veut ordonner sa vie dans un travail sérieux, et faire des études qui lui profitent, c'est qu'il faut, avant tout, savoir lire, chose plus rare qu'on ne pense : savoir lire, c'est-à-dire faire que la lecture soit une étude : car lire en l'air ce n'est rien ; lire attentivement, voilà ce qui seul mène à quelque chose. Lire, et non-seulement lire ce qu'il faut, et le lire avec suite, jusqu'au bout, en un mot finir un livre quand on l'a commencé ; mais encore lire doucement, sans précipitation, en se nourrissant de sa lecture : *Ita ut quod legeret, in succum sanguinemque suum convertisse videretur*, dit un ancien.

La vraie lecture, la voilà, c'est celle qui fait passer pour ainsi dire les choses dans notre substance.

Mais pour cela il faut réfléchir en lisant, et toujours résumer sa lecture, s'en rendre un compte exact, de telle sorte qu'après avoir lu un livre, on le possède. Et par conséquent, LA PLUME A LA MAIN, habitude souveraine : noter, rédiger, pour les préciser et les fixer, ses réflexions; autrement tout est vague et s'évanouit.

Et aussi faire DES EXTRAITS qu'on retrouve au besoin. Voilà ce que j'entends par savoir lire et voilà ce qui n'est pas commun. Comme le disait M. de Talleyrand, on aime mieux lire paresseusement qu'écrire, admirer en quelque sorte passivement le vrai, le beau, le grand, que de réagir sur sa lecture, d'y appliquer énergiquement son esprit, d'apprécier ce qu'on a lu, de s'en rendre maître par un jugement ferme et définitif. — Rien de plus contraire au développement de l'intelligence, qu'une telle disposition.

C'est par l'activité et la réaction qu'on profite, et qu'on fortifie son esprit. Autrement il demeure lâche et paresseux, et reste pauvre malgré sa richesse apparente.

En un mot, on n'est riche que de ce qu'on possède, et on ne possède intellectuellement que ce qu'on a résumé, défini, recueilli, classé et rangé dans sa tête avec un jugement qui le fasse sien.

4° Inutile de redire que je n'ai pas la prétention de tracer ici un plan absolu ni de tout indiquer; je cherche moins à être complet qu'à être pratique. Je ne conseillerai guère en chaque genre d'étude que les chefs-d'œuvre, et les ouvrages nécessaires ou de très-grande utilité. *Pauci, sed boni*. Ni la même méthode, ni les mêmes études, ni les mêmes livres ne conviennent à tout le monde; les uns peuvent plus, les autres moins. J'entends simplement ici ouvrir une route et offrir, pour d'utiles travaux, quelques moyens entre beaucoup d'autres.

Cela dit, arrivons au détail, et commençons par les études qui paraissent les plus attrayantes et les plus faciles pour un homme du monde, je veux dire les études littéraires.

## II

### LA LITTÉRATURE.

Je ne redirai pas l'immortel éloge que faisait autrefois de l'étude des Lettres l'Orateur de Rome : « Cette noble étude, qui offre un aliment généreux pour la jeunesse, un charme pour la vieillesse, un ornement dans la prospérité, un asile et une consolation dans les revers, un doux et paisible délassement au foyer domestique, un secours et une force dans l'agitation des affaires et les surprises de la vie publique. »

Je serais bien plutôt tenté de demander où sont aujourd'hui les hommes du monde qui, après avoir consacré à l'étude des Lettres leurs premières et plus belles années, en conservent quelque chose, je ne dis pas même pour la lumière de leur esprit et la consolation de leur vie, mais pour l'occupation de leurs loisirs : c'est que « les premières études littéraires, comme disait avec raison le chancelier d'Aguesseau, ne donnent que la clef de la littérature. » S'en tenir là, comme on le fait si souvent, c'est n'y pas pénétrer, et renoncer même au bénéfice des premières études ; car bientôt il n'en reste plus que des traces confuses : au bout de quelque temps on n'est plus même en état d'entendre les auteurs.

Ce qui fait la faiblesse et l'insuffisance des premières études littéraires, c'est le défaut de la pensée et de la réflexion : en d'autres termes, c'est l'âge auquel on s'y applique. En Seconde, en Rhétorique, et tant qu'une forte philosophie chrétienne n'a pas affermi l'esprit d'un jeune homme, le fond des idées manque, et par conséquent la vraie et solide littérature : l'intelligence des grands principes littéraires est nécessairement superficielle, et le sentiment du beau peu profond ; le côté moral et religieux des Lettres, d'où leur vient leur grandeur réelle, leur haute et féconde influence, apparaît peu, frappe peu.

La littérature, on ne doit pas s'y tromper, n'est pas chose légère : pour en saisir la portée, la valeur, les vraies et profondes beautés, il faut une maturité de raison qui commence à peine quand finissent les études classiques : c'est alors le moment de revenir sur ses pas, de visiter de nouveau les chemins parcourus, de remonter aux sources, de jeter un coup d'œil plus sûr et plus pénétrant sur ce dont on n'avait guère aperçu que la brillante surface : en un mot, c'est le moment, non d'abandonner, mais de poursuivre cette belle étude des Lettres, et d'un point de vue plus élevé et plus chrétien, si l'on veut en recueillir la haute culture qu'elle donne à l'âme, si l'on veut se former par là un fonds riche, qui alimente la vie, et où, plus tard, on puise chaque jour; un foyer, d'où partent incessamment les illuminations utiles, les inspirations puissantes.

Si donc un jeune homme sorti du collége, ou un homme déjà mûr, voulait revenir à ces études pleines de charme, la première chose que je lui dirais est celle-ci : quelque restreinte que puisse être la part de loisirs que vous consacrerez aux études littéraires, faites de la littérature sérieuse, et, dans le vaste champ des Lettres, n'allez pas au caprice et au hasard; mais dans la littérature ancienne comme dans la littérature moderne, choisissez avec soin, soit les genres, soit les auteurs : c'est le premier point, et il est capital.

Parlons d'abord de la littérature ancienne.

Les grands maîtres, les immortels génies qui ont été les princes de la parole, ce sont les anciens; et pour ma part je déplorerais profondément le préjugé ou le mauvais goût, qui ferait considérer aujourd'hui la lecture des auteurs anciens comme peu attrayante ou entachée de pédantisme pour un homme du monde. L'Angleterre, l'Allemagne et l'Italie ont à cet égard d'autres pensées.

Les principaux genres, et si je puis dire ainsi, les grandes provinces de la littérature, sont la poésie, l'éloquence, la philosophie et l'histoire : je traiterai à part des deux dernières. Et quant aux deux autres, dans *chaque genre* de poésie et d'éloquence, ce que je demande d'abord, c'est qu'on relise au moins *les grands auteurs*, ceux qu'il n'est pas permis à un homme de goût d'ignorer; et qu'on les relise, si on le peut, dans leurs langues, ou à tout le moins dans une bonne traduction.

Mais quels sont ces auteurs avec lesquels il ne faut pas cesser d'être familier? Je vais simplement les rappeler.

C'est d'abord, pour l'épopée, *Homère*, le père de toute la littérature antique : c'est de lui que tous, poëtes et orateurs, se sont inspirés, ainsi que l'a magnifiquement montré, dans un de ses chefs-d'œuvre, notre illustre peintre, M. Ingres. Il n'y a pas une bibliothèque, digne de ce nom, où ne se trouvent avec honneur l'*Iliade* et l'*Odyssée*, ces deux sœurs immortelles. Mais qui étudie, dans le monde, ces grandes œuvres, qui ne croit superflu de les lire? Et cependant quel intérêt profond, quelle lumière y trouvent encore les hommes qui n'ont pas perdu le culte du grand et du beau!

Pour la grande poésie dramatique, c'est *Eschyle*, *Sophocle*, *Euri-*

*pide*, ces trois grands maîtres qui dominent encore les poëtes tragiques de tous les temps et de tous les pays.

Pour la poésie lyrique, *Pindare* suffit ; Pindare, dont la poésie descend, ainsi que l'a dit son timide imitateur, comme un torrent des montagnes.

Pour l'éloquence, c'est assez de *Démosthène* et peut-être aussi d'*Isocrate*, l'un l'éternel et vigoureux modèle des orateurs de la tribune et du barreau, l'autre de la parole élégante et ornée. Voilà pour les auteurs grecs, ceux dont il est toujours utile et vrai de redire :

Exemplaria græca
Nocturna versate manu, versate diurna.

Parmi les Latins, ceux qu'il faut lire, c'est, avant tous les autres, *Virgile*, harmonieux, tendre, profond : produit le plus noble et le plus exquis du génie romain. Et avec Virgile, *Horace*, son ami, âme moins belle, esprit non moins charmant, pétri de grâce et de finesse. Puis *Ovide*, abondant, facile, ingénieux. Mais Ovide et Horace, surtout Ovide, avec choix. Il va sans dire que je ne conseille ici que les éditions expurgées.

Dans la même mesure, et avec un choix non moins sévère, j'ajouterai *Plaute* et *Térence*, l'un pour sa verve comique, *vis comica*, l'autre pour son urbanité attique et romaine. Bossuet faisait lire Térence au fils de Louis XIV, et indiquait dans sa lettre à Innocent XI avec quelle précaution et quelle utilité.

Quant à la tragédie, les Latins, on le sait, n'en ont pas. Le cirque chez eux avait tué le théâtre. Les tragédies de Sénèque n'ont pas été, je le crois, composées pour la scène.

Mais plus encore que les poëtes, je conseille de lire les grands orateurs et les grands historiens de Rome.

Les discours et les lettres de Cicéron, indépendamment d'une éloquence et d'un style incomparables, offrent, au point de vue de la politique, de la jurisprudence, et de l'histoire, un intérêt, une science, des lumières, que nul écrivain peut-être ne présente au même degré.

A un jeune homme désireux de s'instruire, ou à tant d'hommes du monde qui ne savent que faire de leurs journées, je dirai donc hardiment : Prenez l'édition de Cicéron de M. Victor Le Clerc, et faites-en, pendant une année, votre lecture assidue, et vous serez étonné vous-même du profit que vous aurez trouvé à cette lecture.

Bien que je doive traiter à part de l'histoire, je ne puis me dispenser d'indiquer ici, parmi les auteurs grecs et latins qui peuvent charmer, occuper les loisirs d'un homme du monde, éclairer, élever son esprit, *Hérodote*, *Thucydide*, *Tacite*, *Tite Live*, *Salluste*, et même *Cornelius Nepos*, *Justin*, *Florus*, *Valère Maxime*, et *Quinte-Curce* lui-même, l'historien un peu romancier d'Alexandre.

Si l'on a conservé la connaissance du latin et celle du grec, ou si on a le courage de se remettre à les travailler, — et en peu de temps, un homme qui a fait des classes même médiocres peut acquérir de nouveau une suffisante intelligence de ces deux langues, — c'est dans le texte même qu'il faut lire les auteurs anciens. On se donne par là des avantages inappréciables. Et certes, je puis bien citer ici, en preuve du charme et de la fécondité de cette lecture des textes, l'exemple d'un homme du monde, notre contemporain, assurément très-aimable et très-instruit, et de l'amitié duquel je m'honore, ancien ministre, qui, au sortir des affaires, cherchant dans les lettres cette douceur et cette lumière dont parle l'Orateur romain, se mit à lire de suite et d'un bout à l'autre, dans le latin même, toutes les œuvres de Cicéron.

Que si ce travail paraît trop difficile, au moins faudrait-il lire les auteurs anciens dans une traduction ; il en existe aujourd'hui de bonnes pour presque tous et dans les formats les plus commodes.

Et en fait de traductions, je ne déconseillerais pas à un homme du monde les traductions *interlinéaires*, qui familiarisent vite avec la contexture de phrase des langues anciennes, et rendent bientôt possible la lecture du texte lui-même.

Mais il va sans dire que la lecture des anciens ne doit pas faire négliger la littérature moderne, surtout celle de son pays. Au contraire, la littérature ancienne facilite l'étude de la nôtre, en éclaire les origines, en fait connaître les modèles. Ici encore, je veux borner mes conseils aux grands auteurs, à ceux que le génie français avouera toujours pour ses représentants.

Et d'abord, parmi les poëtes, je nommerai le vieux *Malherbe*, à cause de son importance dans l'histoire de notre poésie. Mais c'est surtout *Corneille* et *Racine*, ces deux génies à la fois antiques et modernes, ces peintres si profonds des grands côtés du cœur humain, qu'il ne faut pas cesser de relire et d'étudier. Il y a des pages de Corneille et de Racine qu'on croirait écrites d'hier, tant elles sont encore profondément vraies, tant les poëtes ont pris la nature et l'humanité dans le vif. — J'insiste sur la lecture de nos grands poëtes, mais telle qu'elle doit être faite, non pas telle qu'elle se fait trop souvent. Quand un homme du monde s'ennuie, souvent il ouvre un poëte, en lit curieusement et légèrement quelques pages, parfois celles-là même qu'il devrait rigoureusement s'interdire, et c'est tout. Il y a plus et mieux à faire. Il faut chercher autre chose dans les poëtes qu'un amusement frivole ou malsain. La poésie est chose plus sérieuse et meilleure; et si je l'aime, c'est qu'il lui a été donné d'exprimer les grandes pensées et les grands sentiments dans la plus belle forme du langage humain. C'est à ce point de vue que je conseille de lire les poëtes: c'est là ce qu'on doit chercher en eux. — A Corneille et à Racine il faut joindre *Boileau*, leur ami, très-bien nommé, malgré les lacunes de sa poétique et de sa poésie, le poëte de la raison et du goût, qui sait juger et qui sait écrire.

Quant à nos grands orateurs chrétiens, on les connaît : c'est *Bossuet*, *Fénelon*, *Bourdaloue*, *Massillon*. Je dis qu'un homme du monde, un homme sérieux, ne peut pas ne pas avoir leurs œuvres dans sa bibliothèque. Bossuet et Fénelon sont presque une bibliothèque à eux seuls. On sait que Bossuet aimait à se réchauffer, comme il disait, au foyer de la Bible et d'Homère. Je connais de grands esprits de notre temps qui aiment à se réchauffer au soleil de Bossuet. — Et certes, je l'ajouterai ici, il est bon, quand les vulgarités de la terre pèsent trop sur la vie, quand les abaissements contemporains contristent, de converser quelque temps avec ces hommes illustres, qui transportent en quelque sorte sur les hauteurs et nous font entendre soudain l'accent des grandes âmes. Cependant on a quelquefois un Voltaire dans son cabinet de travail, on n'a pas Bossuet et Fénelon.

Je nommerai ailleurs, quand je parlerai des moralistes, la Rochefoucauld, la Bruyère, le chancelier d'Aguesseau, Pascal, Nicole. — Je parlerai aussi, en autre lieu, de Montesquieu et de Buffon.

Mais je ne veux pas oublier ici *la Fontaine*, j'entends celui des fables, ni madame de Sévigné : la Fontaine, ce génie si original, si français, inimitable, qui sous cette forme légère des fables sait dire de si bonnes vérités et d'une façon si charmante, et apprend à connaître les hommes : madame de Sévigné, cette femme spirituelle, cette mère si tendre, une des plus nobles et des plus gracieuses expressions de l'esprit français au dix-septième siècle. — Vous n'êtes peut-être pas encore un esprit assez sérieux pour étudier à fond Bossuet, Bourdaloue, Fénelon; eh bien, lisez au moins, dans la savante édition de M. de Montmerqué, lisez les lettres de madame de Sévigné, et vous verrez passer là sous vos yeux le dix-septième siècle, toutes les figures de cette époque, peintes au vif et finement jugées. — Combien d'hommes du monde qui s'ennuient et ne savent que faire, et n'ont pas même lu, ne songent pas même à lire cette charmante et si instructive correspondance !

Quant à la littérature contemporaine, assurément il faut la connaître, mais là surtout je fais des réserves. Certes, je ne suis pas de ceux qui accusent et dénigrent leur siècle; je ne crois pas, il s'en faut, le dix-neuvième siècle égal au dix-septième, mais je le crois supérieur au dix-huitième, en tout à peu près, éloquence, poésie, philosophie, histoire, industrie et science. Les noms célèbres, mes lecteurs les prononcent ici d'eux-mêmes. Mais, outre les délicatesses spéciales qu'il y aurait à parler des contemporains, les productions médiocres ou funestes abondent tellement dans ce siècle mêlé, que je me sens plutôt porté à mettre en garde contre toute cette littérature vaine et corruptrice qui fait tort à la grande et saine littérature de notre temps, et qui règne surtout au théâtre et dans le roman. Malheureusement, à côté des grands écrivains qui gardent encore parmi nous le culte des Lettres, et dont les travaux sont illustres en France et en Europe, il y a les scribes qui font de la littérature un métier. Mais je puis du moins parler des morts, et nommer ici, pour ne citer que les sommités : MM. de Maistre et de Bonald, de Bausset, M. de Chateaubriand, avec des réserves; l'infortuné Lamennais lui-même, pour quelques-uns de ses premiers ouvrages; Ozanam, le P. Lacordaire, etc.

Il est difficile aussi, pour peu qu'on veuille étendre ses études littéraires, de rester étranger aux langues et aux littératures des autres pays.

Voici donc encore un excellent sujet de travail, pour un homme de loisirs : l'étude d'une langue vivante. Quelqu'un a dit : « Un homme qui ne sait que sa langue ne vaut qu'un homme. Un homme qui sait deux langues, en vaut deux. » Rien n'est plus vrai. Et pour mon compte, une chose qui m'a toujours étonné, c'est de voir des personnes qui se plaignent de n'avoir rien à faire, et auxquelles il ne vient pas même en pensée d'apprendre une de ces langues vivantes, qui pourraient leur être d'une si grande utilité, soit pour leurs voyages, soit pour leurs relations, soit pour leurs lectures.

Et quant aux littératures étrangères, il y a chez nos voisins d'Allemagne, d'Angleterre et d'Italie, — pour ne parler que de ces trois nations, — des génies et des chefs-d'œuvre qu'un homme cultivé ne peut pas ignorer aujourd'hui : autrefois peut-être on pouvait se renfermer dans l'antiquité et dans son pays; aujourd'hui, les grandes œuvres des auteurs étrangers ont été tellement popularisées, qu'on passerait à bon droit pour un homme de peu de littérature, si on ne connaissait pas quelques-unes au moins des plus renommées.

Je me bornerai à indiquer les trois grandes épopées chrétiennes, du Dante, de Milton et du Tasse : Dante, le grand poëte catholique qui a su mettre dans son étrange et *Divine Comédie* tant de doctrine, de profondeur, de passion, avec une inspiration si forte, et ce vol d'aigle qui plane toujours de si haut; Milton, ce fier génie à la fois si sombre et si gracieux; le Tasse, qui colore d'un si vif reflet ses figures chevaleresques et chrétiennes!

Voilà les principaux chefs-d'œuvre de l'esprit humain, les génies, les maîtres. Tous n'ont pas toujours été des maîtres de vérité et de vertu. Aussi il en est, parmi ceux que j'ai nommés, pour lesquels je recommande un choix et des précautions sévères. Mais quand on ne lit que les chefs-d'œuvre et dans ces chefs-d'œuvre les belles pages, alors les émotions ne peuvent être que bonnes et salutaires. C'est le privilége des hommes qui pensent avec grandeur, sentent avec noblesse, et savent donner à leurs sentiments et à leurs pensées la grande forme du langage, d'élever l'esprit et l'âme au-dessus de la vulgarité commune.

Si vous voulez faire un pas de plus dans vos études littéraires, je vous dirai maintenant : à la lecture des auteurs joignez celle des théoriciens et des critiques. Les travaux des critiques et des commentateurs écartent les difficultés du texte, éclairent les obscurités, et révèlent les beautés plus délicates qu'une connaissance approfondie des principes permet aussi de mieux sentir. Double secours, également utile pour les auteurs anciens et pour les auteurs modernes. Plus on pénètre dans l'intelligence d'un auteur, plus, évidemment, on trouve de charme et de profit à sa lecture.

Il existe d'excellents ouvrages de théorie et de critique. Aux hommes désireux de cette étude, j'indiquerai dans l'antiquité les grands rhéteurs ; *Platon*, qui, dans plusieurs de ses dialogues, et *Aristote* qui, principalement dans sa *Rhétorique* et sa *Poétique*, ont fait la philosophie de la littérature ; *Cicéron*, philosophe encore, quoique moins profond ; surtout écrivain délicieux, couvrant de tous les agréments du beau langage l'aridité des préceptes didactiques, dans son *Brutus*, dans l'*Orator*, dans ses livres *de la Rhétorique* : et enfin *Quintilien*, simple rhéteur, mais homme de bien consommé dans son art ; et aussi Longin dans son traité *du Sublime*.

Voilà les sources où les modernes ont puisé : *Blair*, *la Harpe*, *Rollin* sans oublier les PP. Jouvency et Porée et aussi tous ces *auteurs élémentaires*, foule innommée, mais qu'on a le tort de laisser trop de côté. Peut-être ne serait-il pas inutile d'en relire quelques-uns de temps en temps, parce qu'au moins, à travers les minuties qui s'y rencontrent parfois, les principes généraux s'y retrouvent analysés et précisés.

Le P. Lacordaire a dit quelque part qu'il avait horreur de la rhétorique ; je dirai, moi, mais dans un autre sens, et sans le contredire, que j'aime la rhétorique ; mais par là j'entends la bonne, la grande rhétorique, la connaissance approfondie des principes, la philosophie de la littérature. J'estime qu'il y aurait un avantage considérable à se faire, sur la littérature en général et sur chaque branche de la littérature en particulier, des idées précises, des principes, et c'est un travail que je conseille à ceux qui en auraient le goût et le talent.

Mais il ne faut pas isoler la théorie de la critique. Ici encore les auteurs abondent.

Quant aux rhéteurs anciens, je me bornerai à dire qu'ils mêlent d'ordinaire la critique à la théorie.

Quant aux critiques modernes, le meilleur au dix-huitième siècle, c'est la Harpe. Il a ses qualités et ses défauts. Excellent pour la littérature dramatique française notamment, il est presque nul pour la tragédie grecque. Comme la plupart des hommes de son temps, il ne la comprend guères : le P. Brumoy (*Théâtre des Grecs*, 3 vol. in-4°) en a mieux l'intelligence. Mais la Grèce alors même n'était encore que superficiellement connue. L'abbé Barthélemy, dans son *Voyage du jeune Anacharsis*, a, sur ce point, fait faire un pas à la science, mais il a été lui-même dépassé, en Allemagne et en France, par la critique moderne. La critique moderne est à la fois plus philosophique et plus savante que celle du dix-huitième siècle. Elle envisage les auteurs et les écrits d'un point de vue supérieur, et se déploie dans un plus large horizon.

Un des premiers rénovateurs de la critique en France c'est M. Villemain. Son *Tableau de la littérature française au moyen âge*, ses Leçons sur la littérature française au dix-huitième siècle, sans parler de l'éloquence et du style, envisagés au seul point de vue de la critique littéraire, offrent les détails les plus intéressants, les vues les plus neuves, des appréciations du goût le plus exquis.

L'ouvrage de M. Patin sur les tragiques grecs est un vrai chef-d'œuvre d'érudition et de critique. J'en dirai autant du beau livre de M. Villemain sur Pindare. Le spirituel et savant professeur M. Saint-Marc Girardin a écrit aussi plusieurs ouvrages de critique littéraire du premier ordre. Voilà des écrits que je voudrais voir dans la bibliothèque de tout homme de goût.

M. Egger a publié deux volumes nécessaires à quiconque veut étudier les lettres antiques, une *Histoire de la critique chez les Grecs*, un *Essai sur les historiens de l'Histoire Auguste*. Un petit essai de *Grammaire générale*, composé par lui sur la demande d'un ministre de l'instruction publique, est aussi fort utile.

J'ai nommé l'*Anacharsis;* à cet ouvrage, élégamment écrit, et plein de très-bons renseignements pour l'intelligence de la littérature grecque, je joindrai *Rome au siècle d'Auguste*, par M. Dézobry, travail de si curieuse et si solide érudition.

Voilà les différentes études littéraires, soit sur les anciens, soit sur les modernes, qu'on peut faire, et qui sont très à la portée d'un homme quelque peu studieux : voici maintenant quelques manières d'étudier plus ou moins larges, quelques méthodes plus ou moins utiles qu'il ne sera peut-être pas superflu d'exposer ici pour ceux qui les agréeront.

On peut d'abord prendre une littérature et l'étudier successivement à toutes les époques de son histoire, selon la grande méthode critique, c'est-à-dire en s'aidant, pour l'intelligence de chaque auteur, de tous les renseignements, biographiques, historiques, philologiques, littéraires : puis, avec le secours de toutes ces lumières, on se forme à soi-même et on rédige son jugement.

Si cela paraît trop vaste, on peut se borner à un grand siècle littéraire ; étudier successivement tous les grands auteurs de ce temps dans les différents genres de littérature.

On pourrait même se borner à une école, ou à un genre de littérature, et comparer ensemble soit les poëtes, soit les orateurs. Quel intérêt, par exemple, à lire, en les comparant, les quatre ou cinq grandes épopées qu'a produites l'esprit humain, chez les peuples occidentaux : l'*Iliade*, l'*Énéide*, *la Divine Comédie*, le *Paradis perdu*, *la Jérusalem délivrée;* ou à comparer en semble, dans leur génie et leur art divers, les grandes scènes tragiques, et à reconnaître sous des faits, des coutumes et des langages si variés, l'éternelle vérité et l'éternelle éloquence de la passion.

Je conseille fortement les études comparées. Il y a toujours un grand attrait dans les parallèles. Je sais qu'en histoire ils peuvent être quelquefois forcés, et que l'ingénieux Plutarque, par exemple, s'est un peu joué dans ses rapprochements. Mais en littérature, en critique, c'est autre chose, et on ne peut que trouver un intérêt et un charme de plus dans de telles études.

On pourrait enfin prendre simplement un seul homme, un grand génie, un Platon, un saint Augustin, un Bossuet, et alors l'étudier à fond, avec tous les procédés de la critique moderne, le replacer dans son siècle, faire en détail sa biographie, rechercher comment, sous quelle influence, son génie s'est formé, quelle a été l'occasion, le but, la date de chacun de ses ouvrages : je dis la date, car rien n'est moins indifférent, notamment pour les écrivains français, aux époques où la langue se formait, pour Amyot, pour Bossuet, par exemple. On entrerait ensuite à fond dans l'examen de chaque écrit, pour en découvrir l'idée mère, le plan, l'exécution, tout l'ensemble et tous les détails, voir pour ainsi dire l'ouvrage naître et se former dans la pensée de son auteur, surprendre l'inspiration à l'œuvre, saisir comme par une vivante expérience les vrais procédés du grand art de composer et d'écrire : c'est ainsi qu'on parviendrait à sentir vive et profonde en soi l'impression du beau, à élever son âme, à fortifier son esprit, à épurer son goût. Une telle étude, à la fois circonscrite et approfondie, serait assurément très-utile. Notre temps en a vu beaucoup de ce genre.

Je dois toutefois le reconnaître, les grandes études d'ensemble exigent un temps, une suite, une persévérance dont tout le monde n'est pas capable. Eh bien, qu'on se restreigne, qu'on limite son objet, qu'on prenne une question spéciale de littérature, un ouvrage particulier ; par exemple, *les Caractères* de la Bruyère, le *Discours sur l'histoire universelle* de Bossuet, *la Cité de Dieu* de saint Augustin, *la Grandeur et la décadence des Romains* de Montesquieu, le *Télémaque*, etc. : une étude plus circonscrite se fait plus facilement, et, qu'on ne s'y trompe pas, l'intérêt n'en est pas médiocre; car pour peu qu'elle soit profonde, bientôt elle s'étend et s'agrandit. Une question, disait M. de Maistre, *tient à mille autres*, et un sujet unique, pour peu qu'on le pénètre, ouvre des perspectives et des horizons qui s'appellent les uns les autres. Je ne sais si les études superficielles offrent plus de séduction, mais un travail à fond, si particulier qu'il soit, est sans contredit plus puissant pour fortifier l'esprit et féconder le talent.

Voilà donc, sur les études littéraires, quelques conseils, entre beaucoup d'autres qu'on pourrait donner, conseils simples, et d'une application facile pour tout homme du monde qui a des loisirs et de la bonne volonté, et qui sent le besoin de ne pas rompre avec ces études que l'antiquité a si bien nommées les *Humanités*, parce qu'elles rendent plus homme, et que par elles seulement se conserve cette fleur d'urbanité et d'atticisme qui fait les hommes cultivés et les peuples polis.

Je termine tout ceci par une observation capitale : c'est qu'il faut donner à ces études littéraires un but pratique, les faire de manière à ce qu'elles soient utiles et applicables dans la vie. Il y a des gens qui pensent que de telles études ne peuvent jamais être qu'un délassement, un agréable emploi des loisirs. Je suis dans une pensée toute contraire, et je vais m'expliquer. J'ai écrit dans mon premier volume de *la Haute éducation intellectuelle* un chapitre que j'ai intitulé : *de la Rhétorique utile*, où j'ai essayé d'établir, à l'encontre de préventions spécieuses, comment les études de rhétorique bien conduites n'ont pas pour effet de former des rhéteurs ou des parleurs, mais peuvent servir à tout dans la vie. C'est la même pensée que j'exprime ici. Ce n'est pas un simple agrément de l'esprit, ou un pur intérêt de curiosité, ou une stérile et vaine habitude d'aligner des phrases, qu'un homme sérieux retirera de ses travaux littéraires; il y puisera, dans le développement toujours croissant de ses facultés, dans le talent de penser, de parler, et d'écrire, une valeur personnelle, et c'est là ce qui est d'un usage quotidien dans le monde.

Et certes, pour que la culture large et forte de l'esprit trouve son utile et fréquente application, il n'est pas nécessaire d'occuper les hauts emplois d'un pays, d'être jeté dans les honneurs et les labeurs de la vie publique. Dans sa province, dans sa ville, autour de soi, dans toutes ses relations sociales, sans cesse l'occasion se rencontre de mettre à profit les avantages que donnent la clarté, la justesse, la vivacité du raisonnement, la distinction du langage, la force persuasive qui décide : toutes qualités que l'on doit aux Lettres. Et c'est par là que, dans la plus modeste existence ou dans la plus petite cité, on se rend utile à soi et aux autres, on reste à la hauteur de sa position, on se fait aimer et considérer. Non, ce ne sont pas les occasions qui manquent aux hommes, elles se présentent d'elles-mêmes, et à tous; seulement il faut être en état d'en profiter, sinon elles passent comme tant d'autres choses qui se perdent chaque jour entre nos mains.

Voilà ce que ne savent pas assez ceux qui disent : A quoi bon des études solitaires, qui ne serviront jamais ni à moi ni à personne? La vérité est qu'il n'y a peut-être pas un jour dans la vie où l'on ne puisse tirer parti de son instruction, de son talent, de sa valeur personnelle, si on a une valeur personnelle.

Dans tout ce qui vient d'être dit, il n'a été parlé que de la littérature profane, mais, j'ai à peine besoin de l'ajouter, quelques-uns des Pères de l'Église offriraient même à des hommes du monde une lecture d'un intérêt et d'un ordre supérieur. C'est une grande littérature que celle des Pères de l'Église, et ils forment une partie trop considérable du patrimoine intellectuel de l'humanité, pour ne pas mériter la sérieuse attention de tout homme qui tient compte des grandes œuvres de l'esprit humain. M. Villemain a très-bien montré, dans un ouvrage célèbre, tous les trésors d'éloquence renfermés dans cette littérature, et le profond intérêt qu'un esprit élevé y pourrait trouver. Mais nous parlerons plus convenablement de la lecture des Pères quand nous traiterons de l'étude de la religion.

## III

### LA PHILOSOPHIE.

S'il me paraît si important que les hommes du monde ne délaissent pas les études littéraires, j'estime bien plus essentiel encore qu'ils n'abandonnent point les études philosophiques, et, sur cette science, n'en restent pas aux notions superficielles que donne un cours élémentaire de philosophie, tel surtout qu'on le fait aujourd'hui parmi nous.

« Il faut rendre à la philosophie l'honneur qu'elle mérite et la justice qui lui est due, écrivait encore d'Aguesseau à son fils : c'est elle qui prépare notre esprit aux autres connaissances, qui le dirige dans ses opérations, qui lui apprend à mettre toutes choses dans leur place, et qui lui donne non-seulement les principes généraux, mais l'art et la méthode de s'en servir. »

La religion, qui a horreur de la sophistique, honore la vraie, la grande philosophie : elle la cultive avec soin dans ses écoles, et n'en permettra jamais le délaissement.

Mais il y a sur la question des études philosophiques tant de préjugés pour ou contre, que je sens le besoin d'exposer ici quelques considérations sur les graves motifs qui, non-seulement ne permettent pas qu'on découronne de la philosophie l'enseignement de la jeunesse, mais encore demandent qu'on en fasse, dans la mesure qui est possible, une sérieuse occupation de l'âge mûr et de toute la vie.

Je le ferai remarquer tout d'abord : à l'âge où l'on étudie la philosophie dans les colléges, on est bien jeune encore pour être philosophe, et on a bien peu l'expérience du monde et des hommes. Séquestré alors, et on doit l'être, de la politique contemporaine, ce n'est que plus tard, et quand on est entré définitivement dans la vie, qu'on se trouve en face des questions de toute nature qui s'agitent de notre temps, et, sous leurs formes transitoires, impliquent souvent de grands et immuables principes qui sont du domaine de la haute philosophie.

C'est seulement quand on a acquis la maturité des années et de l'expérience, qu'on est apte à saisir dans toute leur portée les grandes questions philosophiques. C'est donc alors le moment non de mettre de côté ces études, mais d'y revenir, puisqu'on en est plus capable et qu'on peut en retirer plus de fruits.

Ces fruits sont considérables pour l'éducation complète de l'esprit, comme le disait d'Aguesseau à son fils, et d'une application pour ainsi dire universelle, car la philosophie touche à tout, à la science, à l'art, à la politique, à la religion, à la vie. En effet, quoiqu'elle ait son domaine propre, la philosophie n'en est pas moins, dans un sens très-vrai, la science générale, la lumière des sciences, qu'elle domine et éclaire toutes, parce qu'elle est la science des principes ; et c'est pourquoi toute science, et même tout art, a sa philosophie : on dit la philosophie de l'Histoire, la philosophie du Droit ; et il y a aussi une philosophie des lettres, et une philosophie des beaux-arts. Pour peu que la pensée s'élève, quel que soit son objet et son point de départ, même dans les sciences physiques et mathématiques, on arrive toujours à une vérité générale, à un principe supérieur duquel tout dérive; on rentre ainsi dans le domaine de la philosophie, à laquelle aboutit réellement toute science humaine, et qui constitue seule l'unité et la grandeur réelle de la science.

On peut dire ainsi que la philosophie est la plus grande culture de l'esprit, puisqu'elle en est la plus élevée et la plus noble. Nulle autre ne développe plus les idées, n'ouvre et ne mûrit davantage l'intelligence. Sa forte discipline prépare à tous les travaux, sa méthode est nécessaire à toutes les études; et voilà pourquoi l'abaissement des études philosophiques serait l'abaissement de tout dans un pays.

Les Lettres en recevraient infailliblement le plus fâcheux contre-coup, aussi bien que les Sciences. On reconnaît de suite, à sa manière de traiter les questions, un esprit accoutumé aux études philosophiques. Un littérateur qui n'est que littérateur se distingue immédiatement d'un littérateur qui est philosophe. L'un effleure les questions, se joue à la surface, ne va jamais à la racine ou au sommet de son sujet; ou bien il divague, il n'a pas de but, il raisonne mal, il ne conclut pas; l'autre s'avance méthodiquement, sait ce qu'il veut, où il tend, et va droit au fond des choses, aux raisons capitales, aux principes qui décident tout.

La grande éloquence en particulier ne sera jamais sans une forte culture philosophique : c'était l'opinion formelle de Cicéron, qui en savait quelque chose. Il dit lui-même qu'il a plus appris aux jardins d'Académus qu'aux écoles des rhéteurs; il ajoute qu'on ne pourra jamais s'élever bien haut, ni traiter convenablement les grandes questions, si l'on n'a pas un esprit formé par la philosophie, et il pose enfin comme principe incontestable, que le véritable orateur est en même temps philosophe.

On peut dire la même chose d'un vrai savant. Qu'est-ce qui distingue un érudit d'un savant? C'est l'esprit philosophique. Un érudit sait des faits, des dates innombrables; mais tout cela est éparpillé dans sa tête, et à l'état de grains de poussière : l'esprit quelquefois en est encombré et aveuglé. Le vrai savant ne sait pas plus, mais il sait mieux; il rattache les connaissances particulières aux générales, les faits aux lois, les conséquences aux principes; il met l'ordre et la lumière dans ses connaissances; il est philosophe.

C'est la philosophie qui a donné aux sciences naturelles leur méthode, et c'est elle encore qui continue à guider leurs progrès, à faire leurs classifications, à ordonner leur système, à généraliser leurs découvertes, c'est-à-dire qui leur apprend à ne pas se perdre dans les faits, à rester des sciences. On est frappé de cela en étudiant les grands naturalistes ; et pour en citer un exemple, il suffit de lire Cuvier pour se dire : un esprit philosophique seul a pu lui montrer si nettement le vice des anciennes classifications, et lui faire découvrir cette classification nouvelle, si large et si vraiment scientifique, qui a amené une révolution dans la zoologie.

Si l'on examine maintenant le résultat des études philosophiques pour la bonne discipline des esprits, on verra combien, à ce point de vue encore, elles sont avantageuses.

C'est par les habitudes d'esprit qu'elles donnent, qu'en chaque chose on se rend compte de ses idées, on les analyse, on les ordonne, on les enchaîne. Travail important, qui fait les hommes sensés, les têtes solides ; mais travail rare. Que d'hommes, même lettrés, sont illogiques, et admettent, sans quelquefois s'en douter, dans leur esprit, des idées qui se repoussent ! Que de gens, pour n'avoir pas réfléchi sur les principes, c'est-à-dire, philosophé, n'ont jamais eu d'idées à eux, sont incapables d'en avoir : tristes échos de toute parole, proie assurée de tout sophiste.

Et par malheur, aujourd'hui les sophistes ont repullulé parmi nous, et nul temps peut-être n'a été plus fertile en ce genre d'esprits. Sans cesse, soit dans les journaux, soit dans les livres, sur toutes les questions de politique, de morale, de littérature, de philosophie, de religion, vous vous trouvez en face d'un sophiste ou d'un sophisme. Il faut le dire aussi, le triste affaissement d'esprit où notre époque est tombée ne leur est que trop favorable. Comme un tourbillon soulève quelquefois dans les airs la poussière du sol, ainsi on dirait que de nos jours la poussière sophistique a été soulevée dans toute notre atmosphère intellectuelle et sociale. L'heure est venue, où il faut défendre les vérités attaquées, où il faut se défendre soi-même. Eh bien! on en sera incapable, on sera mal habile à reconnaître le vice des arguments, les raisons captieuses, et, quelque talent d'écrire qu'on ait, incompétent pour y répondre, pour débrouiller les questions, exposer les principes, faire la lumière, si l'on ne s'est pas exercé dans les études et les habitudes philosophiques.

Le succès de certains sophistes de notre temps, qui ruinent toutes les vérités fondamentales et fleurissent en France, a son explication principale dans la faiblesse, pour ne pas dire la nullité de nos études philosophiques. Dans un siècle plus philosophique, de tels hommes seraient tombés irrémédiablement sous le coup du mépris public. Ils savent écrire, dit-on. Mais c'est précisément parce que nous sommes peu philosophes, que nous nous laissons prendre à la forme, au style, que nous n'allons pas chercher sous les mots l'idée, sous l'assertion la preuve, sous l'étiquette la marchandise. Nous ne savons pas arrêter au passage un sophiste, le saisir sous les étreintes de la logique, le mettre à nu, et lui demander nettement ce qu'il cache sous ses phrases, ce qu'il prétend, ce qu'il affirme, ce qu'il nie, pour le chasser honteusement, après avoir découvert le vide ou l'horreur de sa doctrine.

Voilà pourquoi tant de jeunes gens sont dupes, tant de faibles esprits sont captés ; voilà pourquoi nous avons eu récemment sous les yeux, dans la discussion la plus grave, le triste spectacle de deux rhéteurs venant en aide à un sophiste ; voilà comment la foi d'une jeunesse mal défendue est en péril.

Mais, direz-vous, grâce à Dieu, ma foi est solide, et les sophistes, j'en suis sûr, ne l'ébranleront pas. Que m'importent donc les disputes de la philosophie? J'ai une solution à ses problèmes, et le catéchisme m'en a appris plus que n'en ont jamais su tous les philosophes.

J'admets ce qu'il y a de juste dans cette manière de voir les choses; mais en me plaçant au point de vue même de ceux qui ont contre la philosophie des préventions, et croient devoir y sacrifier les avantages incontestables des études et de la méthode philosophiques ; et sachant aussi bien que d'autres tout le mal que peut faire la mauvaise philosophie, je sais aussi tout le bien que fait la bonne, et je dirai que tout dépend ici de la manière dont seront menées les études philosophiques. Je suis même persuadé qu'une philosophie bien conduite peut, par le spectacle des défaillances et des erreurs de la raison, attacher plus fortement à la foi. L'esprit humain a sa force, et aussi sa faiblesse; il a son étendue, et aussi ses limites. Rien ne le montre plus qu'une philosophie poussée un peu loin, et ne préserve mieux à la fois du découragement et de l'orgueil. En outre, il ne faut pas oublier que la Révélation elle-même trouve dans la théologie naturelle ses bases métaphysiques et ses preuves rationnelles, et qu'il est d'autant plus nécessaire de les affermir dans son esprit qu'on vit dans un siècle moins croyant, et qu'on rencontre plus souvent à ses côtés dans le monde l'objection et le doute. Enfin, bien que la religion résolve, avec précision et autorité, les questions qui intéressent l'âme et l'avenir éternel de l'homme, et qu'une sublime philosophie soit dans le catéchisme, il n'en est pas moins important pour un esprit cultivé, et par conséquent réfléchi, de prendre possession de la vérité par sa réflexion personnelle, et par la contemplation de ces idées éternelles, qui sont, selon l'expression de saint Thomas lui-même, une participation à la raison de Dieu, et comme l'empreinte divine en nous. Il y a donc une noble occupation de l'esprit et un religieux plaisir de l'âme à s'occuper des grandes questions philosophiques, à vivre avec les hommes de génie qui se sont voués à la méditation de ces hautes vérités sur lesquelles tout repose, et de connaître ce que l'esprit humain a pu trouver de raisons et de lumières pour se démontrer ces dogmes qui sont les fondements et les profondes assises de toute société et de toute morale.

Car, évidemment, ce sont les philosophes que je conseille de lire et non pas les sophistes; et par philosophes j'entends ceux qui défendent les vérités éternelles, par sophistes ceux qui essayent de les ruiner. Il y a une philosophie sceptique, qui remet tout en question, et dont le suprême effort, le dernier résultat est de pousser vers le doute. Cette philosophie-là, c'est la sophistique : je ne connais rien de plus méprisable. Quant à la vraie philosophie, dont Cicéron disait déjà : Il y a une philosophie éternelle: *Est perennis quædam philosophia*; « celle-là, a dit avec raison M. Cousin, n'est pas à faire, elle est faite. » Elle l'est par les grands philosophes chrétiens, qui de siècle en siècle, avec des méthodes et des nuances diverses, à travers des luttes ardentes quelquefois, sont arrivés en définitive sur les points fondamentaux au même résultat, et s'accordent tous à proclamer ces vérités premières qui sont comme le patrimoine de l'esprit humain, Dieu, l'âme, la loi morale, la sanction de la loi morale, la vie future, les devoirs envers Dieu.

Voilà les philosophes, et voilà les questions dont je recommande l'étude à un homme du monde, qui veut s'entretenir dans la vraie et grande philosophie, comme je conseillais en littérature l'étude des grands auteurs. Il y a trop à gagner au commerce de tels esprits, pour ne pas se donner la peine de méditer leurs œuvres immortelles. Les hautes questions philosophiques importent trop à l'éducation générale de l'esprit et à la conduite même de la vie, pour qu'on puisse refuser d'y appliquer sa pensée en compagnie des puissantes intelligences, qui se sont attachées à la solution de ces graves problèmes. Quant aux parties secondaires de la science, à l'érudition philosophique, à l'étude des théories et des systèmes, c'est l'affaire des hommes spéciaux, et je n'écris pas ici pour les hommes spéciaux.

Il demeure donc, que rien n'est plus digne d'un homme sérieux, qui comprend le devoir de cultiver son âme, que l'étude de la philosophie. Au reste, quoi qu'on fasse, quelque léger qu'on soit, dans le monde ou ailleurs, il faut une philosophie. Si on n'en a pas une bonne, on en aura une mauvaise. On se fait l'écho des sophistes, ou on prend la philosophie des mauvaises mœurs, les principes et la conduite qu'elle donne à la vie. Cela n'est pas difficile : les plus médiocres esprits et les plus pauvres cœurs en sont capables.

Et maintenant quels sont les grands, les vrais philosophes? Ils ne sont pas en très-grand nombre : quelques noms seulement s'élèvent dans l'histoire au-dessus des autres, et représentent la philosophie du genre humain.

Platon d'abord ; le divin Platon, comme disait la Grèce. Oui, je ne le dissimule pas, je voudrais que tout homme cultivé lût Platon, et le lût dans sa langue, s'il le pouvait, ou du moins dans une traduction : nous en possédons deux, celle de M. Henri Martin, très-exacte, et celle de M. Cousin, peut-être moins littérale et plus littéraire, et par là même très-fidèle à l'esprit de Platon.

Quoi! direz-vous, lire Platon tout entier? Et pourquoi pas? Je n'en fais une obligation à personne ; mais, je l'avoue, je féliciterais sincèrement celui qui en aurait le courage. Je dis le courage! mais j'ai tort; ce n'est pas de courage qu'il s'agit ici. Je défie un homme d'esprit, qui a le temps, de commencer la lecture des œuvres de Platon et de n'être pas entraîné jusqu'au bout. Du moins ne peut-on guère se dispenser de lire ses principaux dialogues : le *Phèdre*, le *Banquet*, le *Phédon*, le *Timée ;* puis ces deux ouvrages, l'un de son âge mûr, l'autre de sa vieillesse, car on ne peut pas dire de sa décrépitude en parlant de Platon : la *République* et les *Lois*, où malgré de graves erreurs, qui nous montrent la sagesse humaine *toujours si courte par quelque endroit*, de si hautes vérités sont exposées sur la loi divine, modèle éternel des lois humaines, et sur la nécessité de fonder la politique sur la morale. Au siècle de Louis XIV les hommes du monde lisaient cela, et nous avons une traduction du *Banquet* faite par une femme du dix-septième siècle.

Mais, direz-vous encore, Platon n'expose pas systématiquement sa doctrine ; il la disperse dans tous ses dialogues ; comment se reconnaître et s'orienter dans tous ces écrits? Cette difficulté est plus apparente que réelle, et pour vous aider dans cette lecture, les secours ne vous manqueront pas. Les arguments placés par M. Cousin dans sa traduction, en tête des *Dialogues*, sont déjà une utile introduction à l'étude de ce philosophe : en outre, la philosophie de Platon a été, de notre temps, très-souvent analysée et commentée. Il existe de savants travaux, soit sur l'ensemble, soit sur certaines parties de la philosophie platonicienne, par exemple *la Théodicée de Platon et d'Aristote*, par M. Jules Simon ; *des Idées de Platon*, par M. Nourrisson ; *de la Dialectique platonicienne*, par M. Paul Janet, etc.

Ce que je viens de dire de Platon, je le dirai d'Aristote. Lire tout Aristote, j'en conviens, c'est un travail considérable : outre qu'Aristote est plus abrupt et moins attrayant que Platon. Mais il y a plusieurs œuvres du Stagyrite qui s'imposent à quiconque ne veut pas rester étranger aux plus grands mouvements de la pensée humaine. Et là aussi, pour faciliter cette étude, les secours abondent. *La Métaphysique* d'Aristote a été traduite par MM. Barthélemy Saint-Hilaire et Zevort. Cette traduction est précédée d'une introduction très-étudiée sur cette métaphysique. M. Egger, à la fin de son *His-*

*toire de la Critique chez les Grecs*, a donné une traduction parfaite de *la Poétique*.

La philosophie de Rome se résume dans Cicéron et dans Sénèque. Cicéron n'est peut-être pas un philosophe original : il n'a fait souvent que traduire, pour les Romains, la philosophie de la Grèce, mais en si belle langue et avec un bon sens si élevé, qu'il y a un charme extrême à le lire. Et puis, je l'avoue, ce n'est pas sans une profonde émotion de mon âme que je vois ce grand esprit, cet homme consulaire, qui a sauvé et gouverné son pays, qui a été mêlé à tous les grands événements de son temps; quand la vie politique lui est interdite, quand la liberté romaine a péri sous la dictature, quand les malheurs de sa patrie brisent son âme de douleur, non, ce n'est pas sans émotion que je le vois se réfugier dans la philosophie, pour y trouver un asile à ses nobles regrets et une diversion aux tristesses des choses, et là, dans sa retraite de Tusculum, sous ces ombrages qui lui rappelaient ceux d'Académus, au pied de la statue de Platon, dans ces lieux dont j'ai foulé avec respect la poussière et respiré les souvenirs, occuper son esprit des plus hautes pensées qui puissent solliciter l'intelligence humaine, et s'entretenir avec les anciens sages des éternelles questions de la philosophie, exemple lui même de ce qu'il avait dit éloquemment autrefois, que la Philosophie et les Lettres, qu'il ne séparait pas, sont l'ornement de la prospérité et une consolation aux jours du malheur; *Secundas res ornant, adversis perfugium ac solatium præbent.*

Oui, cet homme mérite à jamais d'être lu, et je l'ajouterai, en ce temps d'agitations politiques qui ramène et reprend tour à tour les hommes à la vie publique, son exemple mérite aussi d'être suivi, et peut d'autant plus l'être, que le Christianisme dont la lumière ne s'était pas encore levée sur lui nous éclaire, et nous permet une philosophie meilleure et plus consolante. Étudiez donc Cicéron : sa philosophie est pleine tout à la fois de tristesse et de charme ; lisez ses admirables *Tusculanes*, ou ses beaux livres *de Officiis* et *de Finibus bonorum et malorum*, ou ses dialogues *sur la Vieillesse* et *sur l'Amitié*, ou dans les fragments de sa *République*, si heureusement rendus aux Lettres par le savant cardinal Maï, le beau *Songe de Scipion*, pages si élevées et si détachées de la terre qu'on dirait qu'un souffle déjà chrétien les pénètre. Je sais que quelquefois, sur des points essentiels, sur la vie future, par exemple, Cicéron paraît hésitant, et que le doute des nouveaux académiciens semble l'atteindre ; mais ces défaillances des plus grands esprits avant le Christianisme, je l'ai dit, ne font que mieux apprécier le bienfait de la révélation.

*Sénèque*, malgré son emphase stoïcienne, a de bien belles pages sur la morale, à tel point qu'on a pensé qu'il avait connu et lu saint Paul. Ses *Lettres* et quelques-uns de ses traités philosophiques peuvent être lus aujourd'hui encore avec grand intérêt par un homme du monde.

La première fois que la philosophie platonicienne apparut à saint Augustin, ce fut dans l'*Hortensius* de Cicéron; il nous a raconté, dans ses *Confessions*, l'enthousiasme qu'il ressentit à cette lecture. Il avait dix-huit ans. Converti plus tard au christianisme, il comprit que, devenu chrétien, il n'avait pas à abandonner la philosophie platonicienne pour sa foi nouvelle; qu'il ne perdait rien de Platon, si ce n'est les défaillances de Platon, en allant au Christ; et qu'il pourrait, avec profit encore, chercher dans Platon des données philosophiques sur les points communs entre la philosophie et la foi. En effet, saint Augustin, on l'a dit et il est vrai, c'est Platon chrétien. Il faut lire avec ses *Confessions* ses immortels *Soliloques*. Il faut lire aussi quelques-uns de ses traités philosophiques, *de Magistro*, *de Beata vita*, *de Vera religione*, *de Doctrina christiana*, etc.; je dirais même, comme pour Platon, il faut tout lire, si j'avais affaire à une génération plus robuste, que les longs labeurs n'effrayassent pas.

Ce que je vais dire maintenant étonnera peut-être quelques esprits légers, qui ne connaissent la philosophie du moyen âge que par les absurdes déclamations de rhéteurs, lesquels n'ont jamais lu une ligne de nos grands scholastiques : je soutiens qu'aujourd'hui encore, et après Descartes et le dix-septième siècle, on lira, avec un très-grand profit philosophique, saint Anselme, saint Bonaventure et saint Thomas. Ces têtes-là — je le dis nettement aux rhéteurs frivoles qui croient avoir tout dit avec le mot de scholastiques, et s'imaginent que la scholastique est tout entière dans certaines subtilités — on en voit peu de comparables, et sous la terminologie de ce temps-là, il y a des trésors de science et de lumière; bien plus, quand on s'est un peu familiarisé avec le style si fort, si sobre et si clair de saint Thomas, cette lecture n'est pas sans attrait. Du moins on se convaincra, en le lisant, que la hardiesse de ces grands esprits pour creuser les grands problèmes n'a pas souffert de ce joug de la théologie, par lequel certaines gens les regardent comme enchaînés.

Qu'on ne s'effraye pas toutefois, il ne s'agit pas encore ici de remuer des *in-folio*, ni de se perdre dans un dédale de questions subtiles. On peut choisir dans ces grands hommes : l'*Itinerarium mentis ad Deum*, de saint Bonaventure; dans la *Somme*, le traité *de Deo;* dans la *Somme contre les Gentils*, les articles sur la Révélation, sur l'Accord de la Raison et de la Foi : voilà au moins ce qu'il faut lire, et il n'y a rien là qui puisse effrayer le courage le plus ordinaire. Le dédain pour ces immortels philosophes chrétiens serait vraiment par trop peu philosophique. D'ailleurs, là encore on trouve des secours. J'indiquerai simplement ici le volume de M. de Margerie sur saint Anselme, et le beau travail, couronné par l'Institut, de M. Jourdain, sur la philosophie de saint Thomas.

J'arrive aux philosophes modernes, *Descartes*, *Bacon*, *Leibnitz*, *Euler*, *Malebranche*, *Bossuet* et *Fénelon*, *Pascal* et *l'école de Port-Royal*.

Si les écrits des anciens paraissent des armes trop pesantes à la main d'un homme du monde de notre temps, trouvera-t-il trop forts pour lui les ouvrages de nos grands philosophes modernes, surtout ceux qui sont écrits dans cette belle langue française, si nette, si précise, si claire? Le *Discours sur la Méthode* et les *Méditations* de Descartes sont indispensables à qui veut tant soit peu s'occuper de philosophie. Pourvu toutefois qu'on prenne pour ce qu'il est le doute méthodique de Descartes, et qu'on n'aille pas s'imaginer que le vrai point de départ de la philosophie est un doute réel, absolu, le vide fait dans l'âme. Si l'on craint de s'enfoncer dans les *Monades* et l'*Optimisme* de Leibnitz ou dans l'*Organum* de Bacon, est-il donc trop difficile de lire au moins *l'Esprit de Leibnitz*, par M. Emery, et *le Christianisme de Bacon*, par le même?

Je plaindrais sincèrement un homme du monde, un homme cultivé, qui ne se sentirait point d'attrait pour les écrits philosophiques du P. Malebranche. Je n'entends pas dire sans doute qu'il faille embrasser toutes les idées de l'illustre oratorien; mais qui ne sait qu'un souffle vraiment platonique et chrétien anime ses pages?

Je mets encore au nombre des ouvrages qui devraient être familiers aux hommes du monde, le traité *de la Connaissance de Dieu et de soi-même*, de Bossuet, et quelques-unes de ses *Élévations sur les Mystères*, et aussi l'admirable traité *de l'Existence de Dieu*, de Fénelon; j'ajoute les *Pensées* de Pascal. Elles ont été beaucoup étudiées et commentées de nos jours; mais je suis loin de croire Pascal aussi ennemi de la vraie philosophie qu'on a voulu dire. On sait du reste que comme écrivain il est incomparable. Voltaire l'appelait le créateur de la prose française.

Il y a aujourd'hui des sophistes qui insultent la *Logique de Port-Royal;* ils ont en effet inventé une logique toute contraire, qui n'est autre chose, ainsi que le P. Gratry l'a si bien démontré dans sa *Sophistique contemporaine*, que la raison retournée contre elle-même. Il y a dans la *Logique de Port-Royal* et dans les deux discours qui la précèdent, des pages qui devront être éternellement lues pour leur clarté et leur ferme bon sens.

Je ne dis rien, bien entendu, de la philosophie de Spinosa, ni de la philosophie allemande qui aboutit au panthéisme. Les résultats en sont vraiment trop misérables, et d'ailleurs la méthode et le langage en sont trop inaccessibles, et, je l'ajoute, trop antipathiques au bon sens français. Je ne nie pas les prodiges de labeur et d'érudition dépensés dans ce grand et vain travail philosophique; mais je ne conseillerai jamais à qui que ce soit de se jeter dans ce ténébreux dédale sans une préparation toute particulière. Je sais des esprits qui, pour s'y être témérairement engagés, y ont péri : c'est là que M. Renan a laissé son bon sens et ses croyances. Mais poursuivons.

Les écrivains moralistes du dix-septième siècle ne peuvent pas être oubliés ici; je nomme simplement — tant ils sont connus d'ailleurs — la Bruyère, la Rochefoucauld. Mais avant ces deux écrivains éminents, je n'hésite pas à dire qu'il faut faire passer Bossuet, Fénelon, Bourdaloue, Massillon, parce que, avec le grand style aussi, c'est la grande morale chrétienne que l'on trouve dans leurs écrits.

Le dix-huitième siècle fut, malgré ses prétentions à la philosophie, un siècle très peu philosophique, et les maîtres de la philosophie au dix-neuvième, prirent cette science à un état très-abaissé, tristement déchue dans le matérialisme. Ils la relevèrent : d'un côté les apologistes, MM. de la Luzerne, Frayssinous, de Chateaubriand, de Bonald, de Maistre; de l'autre, une école de philosophie spiritualiste dont les maîtres furent en France Maine de Biran, Royer-Collard, M. Cousin, chassèrent le matérialisme triomphant, et le firent pour quelque temps rentrer dans l'ombre.

Le principal ouvrage philosophique de M. de Maistre, et dans lequel il dit qu'il a versé sa tête, sont *les Soirées de Saint-Pétersbourg*. La question capitale qui s'y débat est celle du bien et du mal, question qui touche à une foule d'autres, sur lesquelles M. de Maistre jette en passant mille éclairs sombres ou lumineux. Ce sont deux très-remarquables volumes, dont pour ma part je n'adopte pas toutes les affirmations, mais qu'un homme cultivé ne peut pas ignorer.

C'est surtout dans la philosophie morale que M. de Bonald est un philosophe et un écrivain de premier ordre, notamment dans ses écrits sur le *Divorce*. Il a fait aussi *la Législation primitive*. Quelque opinion que l'on adopte sur les idées métaphysiques de l'auteur, c'est là encore un ouvrage profondément réfléchi et qu'il faut lire.

Je n'ignore pas ce que peuvent laisser à désirer, pour la solidité de la doctrine, certaines parties du *Génie du christianisme;* mais cet ouvrage de M. de Chateaubriand, qui dissipa tant de préjugés dans les esprits en France, il ne faut pas l'oublier, et releva, au commencement de ce siècle, parmi les lettrés, le Christianisme d'un absurde discrédit, n'en reste pas moins, sur un grand nombre d'importantes questions philosophiques et religieuses, un bel et éloquent ouvrage.

On en était alors à ces ridicules et odieuses négations des vérités les plus fondamentales, à ce point qu'un savant ne pouvait prononcer le nom de Dieu dans l'Académie française sans être honni par ses collègues. Voilà pourquoi nos apologistes durent reprendre la démonstration de ces vérités primordiales, base de toute philosophie et de toute religion. Parmi tant de solides écrits qui parurent en France contre le scepticisme du dix-huitième siècle, les *Dissertations* de M. de la Luzerne, et les *Conférences* de M. Frayssinous, chefs-d'œuvre de logique et de bon sens, de précision et de clarté, ne sauraient être trop lues aujourd'hui qu'une sophistique nuageuse essaye de jeter de nouveau ses ombres sur les grandes questions.

J'ai dit qu'une école de philosophie spiritualiste avait été inaugurée alors en France par Maine de Biran. Parti du matérialisme, cet homme persévérant et sincère, profond penseur, profond analyste, dépassa vite ce système misérable, et marchant ensuite pas à pas, lentement, mais sans s'arrêter un seul jour, dans la voie de l'observation psychologique, il remonta de degré en degré jusqu'à la découverte non-seulement de la vie de l'âme en elle-même, mais de la vie de l'âme en Dieu, et mourut chrétien. Le *Journal* où il consignait jour par jour ses observations et qu'a édité récemment M. Ernest Naville est une lecture du plus grand intérêt.

Ce sera la gloire de M. Cousin d'avoir persévéramment travaillé à discréditer parmi nous la philosophie de la matière et de la sensation, et à mettre en honneur la philosophie spiritualiste. La dernière édition de son livre *du Vrai, du Beau et du Bien*, où nous désirerions encore sur certaines questions graves des notions plus nettes et plus exactes, témoigne des efforts sincères de ce grand esprit pour se rapprocher de nous.

Dans l'Église, la philosophie aura jeté en France, au dix-neuvième siècle, un grand éclat, et les conférences du P. Lacordaire et du P. de Ravignan, les livres du P. Gratry, les écrits de MM. Bautain et Maret, des P. Chastel et de Valroger, peuvent soutenir victorieusement le parallèle avec leurs contemporains de la philosophie séparée. Je voudrais voir entre les mains de tous les hommes du monde les ouvrages philosophiques de ces écrivains vraiment philosophes : *La Logique*, *la Connaissance de Dieu*, *la Connaissance de l'âme*, *les Sources*, *la Sophistique contemporaine*, du P. Gratry ; *l'Essai sur le Panthéisme*, *la Théodicée chrétienne*, de Mgr. Maret ; *la Psychologie*, de M. l'abbé Bautain ; ses livres sur *la Loi*, sur *la Conscience*, sur *la Morale chrétienne* : j'ajoute l'*Introduction philosophique à l'étude du christianisme*, de Mgr Affre.

Je me reprocherais de ne pas nommer ici, bien qu'il n'appartienne pas à la France, l'illustre Balmès, auteur de *l'Art d'arriver au vrai*, et surtout de la *Philosophie fondamentale*, ouvrage de premier ordre.

Voilà quelques-uns des principaux ouvrages philosophiques dont je conseille la lecture ; mais j'entends la lecture sérieuse, réfléchie, et entière, du commencement à la fin des ouvrages: j'entends la lecture, avec l'analyse et l'appréciation écrite, et aussi avec l'excellente méthode des extraits. C'est surtout quand il s'agit d'études philosophiques, que lire simplement ce n'est rien ou peu de chose : ce qu'il faut, c'est analyser et résumer, afin de posséder vraiment un ouvrage; le faire sien en quelque sorte par la conception et la compréhension réelle qu'on en a.

Et, de plus, je voudrais qu'on notât les principaux passages, les belles pensées, les pages éloquentes des grands philosophes chrétiens, et qu'on en composât un trésor pour sa mémoire, ou au moins qu'on s'en fît un précieux recueil, où l'on pût au besoin puiser, soit pour son âme, soit lorsqu'il s'agit d'écrire.

Une autre excellente méthode, pour un homme du monde, de s'occuper avec fruit de philosophie, la voici : en résumé, il n'y a guère en philosophie qu'un petit nombre de questions capitales, qui intéressent sérieusement un homme pratique, lequel ne fait pas des spéculations philosophiques son occupation spéciale. En logique, par exemple, la question de la certitude; en psychologie, celles de la spiritualité, de la liberté, de l'immortalité de l'âme; en théodicée, l'existence de Dieu, la création, la providence; en morale, la loi éternelle, la question du bien et du mal, et quelques autres questions de cette nature, voilà les points culminants de la philosophie. Eh bien! je conçois que le temps manque, ou le goût, pour les questions accessoires; mais sur ces grands points il ne se peut qu'un homme grave ne sente pas le besoin, même avec une foi très-ferme et très-assurée, de chercher toute l'intelligence possible, *fides quærens intellectum*, de découvrir et de contempler les merveilleuses affinités de la raison avec la foi, les preuves rationnelles des croyances fondamentales, l'enchaînement et la lumière de ces grandes et belles vérités. Mais ce travail est fait, et il n'y a qu'à s'en donner le spectacle. Et c'est ici une des manières les plus faciles et les plus utiles de s'occuper de philosophie : prendre tour à tour une des plus importantes questions philosophiques, et considérer comment les premiers philosophes de toutes les époques l'ont traitée : l'intérêt, en même temps que le profit est grand à voir, de tant d'horizons opposés, les plus illustres esprits arriver au même point, à considérer ainsi les questions sous toutes leurs faces, et à tenir sous son regard, et comme dans sa main, les plus puissants raisonnements de l'intelligence humaine. — Soit par exemple la question de l'immortalité de l'âme. Qu'on lise d'abord le *Phédon*, qu'on entende les raisonnements du sage de l'antiquité près de mourir, pour se confirmer dans la croyance à la vie future, et après avoir vu les efforts, quelquefois défaillants, quelquefois triomphants de Platon, pour démontrer cette grande vérité, qu'on ouvre saint Thomas, qu'on voie la logique rigoureuse, précise, méthodique, aux prises avec le même problème, et qu'on constate ce que les arguments ont gagné en force et en précision avec la raison chrétienne; qu'on prenne enfin une démonstration toute moderne de la même vérité : une dissertation du cardinal de la Luzerne, une conférence de M. Frayssinous, un discours du P. de Maccarthy, et qu'on voie encore toute l'épuration que les preuves ont subie, et comment les principes sont sortis de ce travail successif de l'esprit humain mieux définis, simplifiés, invinciblement éclaircis par nos apologistes, et l'on se sera donné une des jouissances intellectuelles les plus vives et les plus fortifiantes que l'étude puisse procurer.

Sur tout cela, veut-on faire enfin le travail de tous le plus fructueux? C'est, après une tel examen des questions, de prendre la plume, et de les traiter soi-même. — J'ai connu un père qui, refaisant lui-même sa philosophie pour l'enseigner à son fils, suivit cette méthode, et s'en est bien trouvé, comme père, comme écrivain, comme chrétien.

Mais ce que je demande par-dessus tout, c'est que les études philosophiques soient dominées et pénétrées par l'esprit chrétien. Comment ne pas déplorer que la philosophie qu'on appelle séparée fasse systématiquement abstraction des vérités apportées sur la terre par le fils de Dieu, le Verbe éternel? Pour moi, je ne comprendrai jamais ceux qui, en plein christianisme, et quand la parole évangélique rayonne dans l'humanité depuis dix-huit siècles, ne tiennent aucun compte de la lumière divine, ferment les yeux au flambeau allumé dans le monde, et recommencent le pénible labeur des hommes qui n'ont pas eu le bonheur de connaître Jésus-Christ.

Je n'ajouterai plus qu'un seul mot : c'est que je n'ai pas dans mon âme assez d'énergie, ni dans ma parole assez de vive lumière, pour dire, en finissant, à quelle multitude d'hommes, surtout dans les régions élevées de la société, manquent les bonnes études philosophiques: quelle lacune c'est dans leur esprit, quel malheur dans leur vie! J'en connais qui seront par là toujours inférieurs à eux-mêmes, au-dessous de leur mission, et qui ne rendront jamais les services qu'ils auraient pu rendre avec une éducation philosophique profonde, chrétienne, complète.

## IV

### L'HISTOIRE.

Je n'emploierai pas un temps superflu à démontrer l'intérêt et le charme de cette étude pour tout homme qui a du loisir, ni la nécessité qu'il y a, aujourd'hui surtout, de ne pas demeurer étranger à la science historique, et de la posséder au moins dans un certain degré que le développement des relations internationales et de la vie politique chez tous les peuples rend plus que jamais indispensable. Qui n'est d'avance convaincu à cet égard?

« L'histoire, disait le premier philosophe de l'ancienne Rome, est « la lumière des temps, la contemporaine du genre humain, la dépo- « sitaire des événements, le témoin de la vérité, l'âme des souvenirs, « la grande conseillère de la vie hnmaine, la messagère des siècles « passés. »

« Sans elle, disait encore Cicéron, nous vivons dans une honteuse « ignorance de tout ce qui nous a précédés; et est-ce là autre chose « qu'une puérilité éternelle, qui fait de nous des enfants et des étran- « gers pour le reste de l'univers? »

« L'histoire, disait Fénelon, est très-importante. C'est elle qui nous « montre les grands exemples, qui fait servir les vices mêmes des « méchants à l'instruction des bons, qui débrouille les origines et qui « explique par quel chemin les peuples ont passé d'une forme de gou- « vernement à un autre. »

On sait quel cas Bossuet faisait de l'histoire, et combien il la conseillait aux particuliers comme aux princes. Selon lui, « un honnête homme ne peut ignorer ni son pays ni le genre humain. » Et une des grandes louanges qu'il donne à la jeune Henriette d'Angleterre, dans l'oraison funèbre de cette princesse, c'est d'avoir eu un goût sérieux pour cette étude. « C'était, dit-il, le dessein d'avancer dans cette étude « de la sagesse, qui la tenait si attachée à la lecture de l'histoire... « Elle y perdait insensiblement le goût des romans et de leurs fades « héros, et soigneuse de se former sur le vrai, elle méprisait ces « froides et dangereuses fictions. »

J'avoue que bien souvent, dans ma vie, en voyant le temps que les femmes et les hommes du monde perdent à la lecture de ces feuilltons et de ces romans, si vains et si vides, c'est le moins qu'on en puisse dire, dont il ne reste absolument rien, quand il n'en reste pas des impressions dangereuses, j'ai déploré qu'on n'employât pas plutôt ce temps à des lectures historiques, qui, bien choisies et bien conduites, auraient non moins de charme et un bien autre profit.

Car l'histoire n'est pas seulement une lecture instructive, pleine de graves et fortes leçons, c'est encore une lecture très-attrayante, curieuse même, mais de la plus légitime et plus noble curiosité; et si variée, que l'intérêt ici est sans cesse renouvelé.

Mais, en dehors de l'intérêt profond qui s'attache aux études historiques, comment ne pas sentir quelle lacune l'ignorance de l'histoire laisse dans un homme, en quelque situation sociale qu'il se trouve?

Je ne parle pas seulement ici de ceux pour qui une étude approfondie de l'histoire est une nécessité de position, par exemple, tout homme qui aspire à la vie politique; tout jeune homme qui entre dans la diplomatie, et veut être non de ceux qui s'y amusent, mais de ceux qui s'y distinguent; et encore les magistrats, les avocats, les hauts administrateurs, etc. : je parle de quiconque veut simplement se tenir au courant de ce qui se passe dans le monde, et comprendre quelque chose aux besoins et aux aspirations de son époque.

Car le présent a ses racines dans le passé; un siècle est ce que l'ont fait les siècles qui l'ont devancé; une génération hérite du bien et du mal transmis par les générations antérieures; les institutions qui se développent ou qui meurent ont leur cause de ruine ou de vie dans les faits qui ont précédé. En un mot, une grande solidarité lie ensemble tous les âges, et l'histoire est une toile ininterrompue où tous les fils qui vont faire la trame de demain tiennent à ceux qui ont fait la trame d'hier.

Aujourd'hui surtout, que le monde est ouvert de tous côtés, que les relations entre les peuples ne connaissent plus de barrières, que l'ancien et le nouveau monde ressentent mutuellement le contre-coup de leurs agitations intérieures, que la France est partout, par ses colonies, ses flottes, ses armées, ses missionnaires, il est indispensable d'avoir des connaissances historiques variées et étendues, si l'on ne veut pas rester étranger aux grandes questions contemporaines et voir passer les événements sans les comprendre.

Je prends une seule question, la question mexicaine. Qui ne voit de suite toutes les questions historiques impliquées dans cette seule question pour qui veut vraiment l'entendre? Qui sont ces peuples? Quel est leur tempérament, leur caractère et le mélange de sang indien et de sang européen qui fait leur type particulier? Quel rôle sont-ils appelés à jouer dans l'Amérique? Quelle influence représentent-ils? Par quelles phases ont-ils passé? Quels événements ont amené l'état actuel auquel nous voulons porter remède? Quelles nations les entourent? Et que sont elles-mêmes ces nations? etc., etc. Autant de questions nécessaires pour savoir quel gouvernement le Mexique peut comporter, et ce que nous pouvons y faire. On remonte ainsi jusqu'à la guerre de ces colonies avec l'Espagne, jusqu'à la fondation des colonies espagnoles. Plus on va, plus le champ s'ouvre, et les questions se multiplient. Si on est étranger à ces choses du temps passé, on l'est aussi aux choses contemporaines, et l'on en est réduit alors à ne savoir, sur les questions les plus graves, que ce qu'apprennent les journaux. Bien plus, on ne comprend pas même les journaux.

Et cependant, quels que soient l'intérêt et l'utilité des études historiques, deux choses sont certaines : c'est qu'on sait très-peu l'histoire et qu'on l'étudie très-peu. On sait très-peu l'histoire. La raison en est bien simple : qu'a-t-on pu en apprendre dans les premières études, et surtout qu'en a-t-on retenu? On a eu en main des abrégés ; on a parcouru en six ou sept ans, à travers bien d'autres études, les soixante siècles de l'histoire du monde ; on a su à peu près et en gros les principaux faits, quelques dates, la succession des peuples, les noms de quelques dynasties, de quelques grands hommes ; mais cela n'est pas la vraie science de l'histoire, et cela même se confond et s'efface bientôt dans la mémoire : si on ferme les livres d'histoire, comme tous les autres, bientôt on a tout oublié, on ne sait plus même les faits.

D'ailleurs, la connaissance des faits et des dates, si exacte et si développée qu'on la suppose, n'est guère, en soi, qu'un préliminaire de la science historique. C'est le fondement nécessaire des études ultérieures, mais ce n'est pas la science elle-même, et si on s'en tient là, on aura gagné peu de chose. Il ne suffit pas de connaître les faits, il faut les comprendre, savoir quelles causes les ont amenés, quels résultats ils ont produits. Il y a deux méthodes, toutes deux également peu praticables dans les premières études historiques, pour acquérir cette science des causes et des effets, laquelle seule donne à l'histoire sa lumière et son enseignement. Il y a l'histoire, telle que l'écrit Tacite, l'histoire qui recherche l'action de l'homme dans le monde, et ne se borne pas à raconter les événements, mais les explique par les mobiles et les ressorts humains ; or quelques pages de cet auteur traduites en rhétorique ne suffisent pas à cet enseignement : et il y a, plus haut encore, dans la région où planaient saint Augustin et Bossuet, une philosophie supérieure de l'histoire, qui recherche l'action de Dieu, le plan divin dans le monde, lit par conséquent plus loin dans les événements, les pénètre à une plus grande profondeur : mais cette haute philosophie, on l'enseigne et on l'apprend peu dans les classes.

Eh bien, c'est de cette double façon, quand on est homme, et qu'on est chrétien, qu'il faut reprendre l'étude de l'histoire. Il faut sortir des abrégés, et entrer dans la grande histoire. Les abrégés peuvent être encore consultés comme auxiliaires pour la mémoire, mais il faut lire l'histoire élevée, l'histoire vivante, et apprendre en la lisant à juger les hommes et les choses.

Vraiment, je ne puis m'empêcher de le dire ici, il faut avoir l'esprit bien peu sérieux, ou bien affadi par la triste littérature contemporaine, pour ne pas aimer à lire les grands historiens. Tant d'éminents talents se déploient dans une belle histoire ! C'est une œuvre littéraire si considérable ! Les beautés y sont d'un ordre si élevé, et si variées! Pour moi, à ne considérer là que le plaisir d'esprit, j'avoue que peu d'œuvres du génie humain me donnent autant de jouissances.

Mais là aussi le champ est sans bornes, et la route a besoin d'être tracée, la tâche mesurée aux hommes du monde qui ne sont pas savants de profession, et veulent néanmoins ne pas se priver des avantages d'une étude sérieuse de l'histoire, proportionnée à leurs besoins et à leurs loisirs. Essayons donc d'indiquer, sans décourager personne, les degrés qu'on pourrait successivement parcourir dans cette étude.

Les deux grandes divisions de l'histoire, c'est l'histoire ancienne et l'histoire moderne. L'histoire ancienne finit à Jésus-Christ : la croix apparaît au sommet des temps, marquant le point de jonction des deux versants de l'humanité.

Il y a aussi, mêlées à l'histoire profane, l'histoire sainte et l'histoire ecclésiastique ; nous en parlerons à part.

Une question se présente tout d'abord ici. Un homme qui a déjà une certaine connaissance générale de l'histoire, — c'est le point de départ, — mais superficielle, et qui veut enfin apprendre l'histoire sérieusement, doit-il commencer par l'histoire ancienne ou par l'histoire moderne ? Pour moi, je réponds sans hésiter : par l'histoire moderne.

Et parmi les histoires modernes, celle qu'avant toutes les autres je conseille de reprendre et de pousser aussi loin que l'on pourra, c'est l'histoire de France. On le comprend. Comment un Français peut il laisser de côté l'histoire de France? Comment peut-on se résigner à ignorer l'histoire de son pays? Ignorez toute autre histoire plutôt que celle-là. C'est faire injure au patriotisme, ou plutôt c'est ne pas sentir dans son cœur cette flamme sacrée, que de rester volontairement dans une telle ignorance. Et cependant telle est la désuétude des études sérieuses parmi nous, qu'il n'est pas rare de trouver des personnes du monde très-confusément instruites de l'histoire de leur pays.

« Je vois avec douleur, disait autrefois le bon Rollin, que l'histoire de France est négligée par beaucoup de personnes à qui pourtant elle serait fort utile, pour ne pas dire nécessaire. Quand je parle ainsi, c'est à moi-même le premier que je fais le procès; car j'avoue que je ne m'y suis point assez appliqué, et j'ai honte d'être en quelque sorte étranger dans ma propre patrie, après avoir parcouru tant d'autres pays. Cependant notre histoire nous fournit de grands modèles de vertu, et un grand nombre de belles actions qui demeurent la plupart ensevelies dans l'obscurité, soit par la faute de nos historiens, qui n'ont pas eu, comme les Grecs et les Romains, le talent de les faire valoir; soit par une suite du mauvais goût qui fait qu'on est plein d'admiration pour les choses qui sont éloignées de notre temps et de notre pays, pendant que nous demeurons froids et indifférents pour celles qui se passent sous nos yeux. »

Les regrets exprimés si naïvement par Rollin accuseraient d'autant plus aujourd'hui les personnes indifférentes à l'histoire de France, que nous avons ce que Rollin se plaignait de ne pas avoir, des historiens. De nos jours les études historiques se sont relevées parmi nous, et l'histoire de France a été explorée en tout sens. Les sources, tous les documents primitifs ont été consultés. De grands travaux, soit sur l'ensemble, soit sur telle ou telle époque de notre histoire, ont été publiés.

Nous avons de grandes histoires, et des histoires intermédiaires entre les grandes histoires et les abrégés. Nous avons des histoires générales, et des histoires particulières ou locales pour certaines époques ou certaines provinces; nous avons des monographies, des mémoires; des histoires par lettres, par leçons; des considérations sur l'histoire, etc., etc. Nous avons enfin les sources, ces grandes collections des documents relatifs à l'histoire de France, celle de M. Petitot, continuée par M. de Montmerqué, et celle décrétée autrefois par M. Guizot, et continuée par ses successeurs au ministère.

Malheureusement, l'esprit de tous ces ouvrages est très-divers, et indépendamment des faux points de vue et des erreurs purement historiques, il y en a qui respirent une hostilité déplorable contre l'Église. L'histoire est un des terrains que la presse antireligieuse contemporaine a choisis de préférence, et qu'elle a le plus exploités : elle a fait mentir contre nous l'histoire même. Pour quiconque tiendrait à honneur de prendre rang parmi les défenseurs que la vérité révélée compte même dans les rangs des laïques, il y aurait là bien des erreurs à dissiper, des mensonges à réfuter, des malentendus à éclaircir; erreurs, mensonges, malentendus, qui traînent encore dans une quantité de livres, et que nombre d'écrivains secondaires répètent, sans les contrôler, parce qu'ils ont été dits. — Et voilà précisément pourquoi, en présence d'opinions aussi téméraires et funestes qu'incertaines et arbitraires, il importe de se munir d'un solide savoir historique; il importe que l'homme du monde, qui lit simplement l'histoire pour s'instruire, choisisse sévèrement ses auteurs. Je dirai là-dessus nettement ma pensée. Il y a des écrits manifestement antichrétiens, dont je déconseille absolument la lecture aux hommes du monde — sauf les motifs graves qui pourraient permettre à quelques-uns de les avoir entre les mains. — Quant aux écrivains qui peuvent avoir des préventions fâcheuses, et des préjugés d'éducation, mais qui ne sont pas systématiquement hostiles à l'Église, et ne craignent pas de lui rendre justice, — il en est qui se sont honorés par cette haute sincérité, — s'ils ont fait des travaux historiques remarquables, je pense qu'un laïque instruit, et d'un esprit mûr, peut les lire, mais je lui conseillerais fort de lire concurremment un auteur sûr qui permettrait de les contrôler.

Essayons maintenant d'indiquer ici quelques-uns de nos historiens.

Peut-être, si l'on n'a encore que des notions trop confuses sur l'histoire de France, serait-il nécessaire, avant de se jeter dans les grands auteurs, d'étudier sérieusement un de ces ouvrages qui tiennent le milieu entre les grandes histoires et les abrégés. En voici quelques-uns : L'*Histoire de France*, de M. *Trognon*, excellent ouvrage; celle de M. *Laurentie*, dont le juste succès fait assez l'éloge; celle de M. *Amédée Gabour*, et celle aussi de M. *Keller*, quoique moins détaillée. Je regrette de ne pouvoir conseiller qu'avec réserve l'*Histoire des Français*, de M. *Théophile Lavallée*.

Ce premier travail fait, et toute la suite de l'histoire de France étudiée et apprise, on lira alors avec plus de fruit des histoires plus développées.

Pour les origines, *Grégoire de Tours*, traduit de nos jours par M. Guizot, est une excellente et charmante lecture : on sait en quelle estime le tenait M. Ozanam.

Parmi nos anciens historiens, *Mézerai;* et surtout le *P. Daniel*, auquel les plus savants historiens de nos jours rendent un juste hommage : *Anquetil* est très-loin de le valoir.

Parmi les écrivains modernes, un des plus éminents est sans contredit M. Guizot. Dans ses *Essais sur l'Histoire de France*, et dans son cours de 1825 à 1829, où il a fait de l'histoire de France une histoire de la civilisation moderne comparée, il est remonté aux sources, et a ouvert de nouvelles perspectives à la science. Esprit généralisateur, qui a de plus le mérite de bien étudier les faits. Tout en rendant souvent justice à l'influence salutaire de l'Église, il n'est pas exempt des préjugés du protestantisme, en particulier sur la constitution même de l'Église dans les premiers siècles. Ses aveux favorables n'en ont que plus de force, quand il parle par exemple de saint Benoît et des monastères comme il le fait.

Son correctif nécessaire est l'abbé Gorini : j'en dis autant pour MM. Thierry (Augustin et Amédée), deux écrivains dont le premier surtout a contribué beaucoup à ramener à l'étude des sources et à mettre l'histoire de France dans la voie d'une critique nouvelle.

Je passe sous silence les histoires de MM. Henri Martin et Michelet, profondément gâtées, malgré le savoir et les recherches, par l'esprit antichrétien de leurs auteurs. Pour ma part, je ne conseille pas de pareils livres.

Je craindrais, si je voulais faire ici une revue des bons ouvrages qui ont paru de notre temps sur telle ou telle partie de notre histoire, de me laisser entraîner en ce moment à trop de détails; et aussi de commettre une sorte d'injustice en ne citant pas tous ceux qui pourraient être cités : je nommerai cependant, l'*Histoire des Ducs de Bourgogne*, par M. *de Barante*; l'ouvrage de M *Dareste de la Chavanne*, sur *l'administration de la France, depuis Philippe Auguste*; *les Fondateurs de l'Unité française*, par M. *de Carné*; le beau travail de M. *Wallon*, sur *Jeanne d'Arc*; l'*Histoire de madame de Maintenon*, par M. le *duc de Noailles*, et les savantes publications de MM. Pierre Clément et Rousset, sur l'administration de Colbert et sur celle de Louvois.

Mais s'il y a une partie de l'histoire de France que je conseillerai surtout d'étudier à fond, — non pas tant aux très-jeunes gens qu'aux hommes mûrs et aux pères de famille, — et vers laquelle d'ailleurs les esprits soient le plus portés, c'est celle qui, commencée en 1789, on peut le dire, dure encore. Certes les événements qui se passent dans cette période, les questions qui s'y débattent nous touchent d'assez près pour qu'il nous importe de savoir exactement cette histoire; et les erreurs que les passions politiques, philosophiques et irréligieuses y ont répandues, sont une raison de plus pour chercher à y voir clair. Je suis très-convaincu, pour ma part, qu'un grand pas sera fait vers la pacification des esprits et des âmes, quand les faits si complexes de la Révolution seront connus sous leur vrai jour, et le départ entre le bien et le mal déterminé avec la haute et sévère impartialité qui convient à l'histoire ; il est incontestable du moins qu'un homme bien éclairé sur cette histoire, connaissant à fond les événements et les hommes, les causes et les résultats, ne flotterait pas dans son appréciation de cette formidable époque à tous les vents de l'opinion et des partis, et serait plus éclairé et plus fort dans les luttes présentes. Ici surtout ce ne sont pas les livres qui manquent; mais l'embarras est de bien choisir parmi tant de livres écrits la plupart avec la passion contemporaine. Les plus célèbres sont assez connus et entre les mains de tout le monde. Il est inutile de les nommer ici. Je me bornerai à avertir du danger, et à conseiller, surtout aux jeunes gens, d'être en grande défiance, et de ne rien lire sur ces matières avant d'avoir consulté un homme grave et sûr.

Je ne remonterai pas l'histoire de France de siècle en siècle pour indiquer l'intérêt particulier que présente chaque époque : mais comment passer sous silence et ne pas recommander à l'étude spéciale des hommes tant soit peu désireux de belles connaissances, ce grand dix-septième siècle, ce règne de Louis XIV, sur lequel d'ailleurs tant de travaux remarquables ont été faits; histoires générales ou travaux particuliers : biographies, Mémoires, études de tout genre sur l'administration, les finances, les guerres, toutes les grandes questions et les grands hommes de ce temps-là ; voilà assurément qui mérite d'être étudié, voilà qui vaut mieux que les lectures malsaines et les entretiens quelquefois plus malsains encore du club et du cercle, et que toutes ces frivolités et ces misérables occupations qui dérobent souvent les meilleures heures et les meilleurs jours ! Je le demande de nouveau, comment a-t-on du temps à donner aux vains littérateurs et feuilletonistes de l'époque, et pas un jour, pas une heure à l'étude des grands siècles de l'histoire de son pays ! Plus j'avance dans l'examen détaillé de ce qui pourrait occuper utilement les loisirs des hommes du monde, plus devient inexplicable pour moi l'abandon si fréquent de toute étude sérieuse. N'est-il pas évident que l'histoire de France, à elle seule, suffirait pour occuper et charmer toute une vie? Nous n'en sommes qu'au dix-septième siècle, et déjà combien d'ouvrages du plus haut intérêt, que bien peu de jeunes gens et d'hommes du monde ont lus, et qu'il leur serait si facile de lire!

Si nous remontons plus haut dans notre histoire, nous trouvons Henri IV et la Ligue, les guerres de religion, le protestantisme, la découverte de l'Amérique et l'histoire des colonies européennes dans le nouveau monde, et enfin le moyen âge.

Le moyen âge, époque longtemps négligée, obscure, mal jugée, est enfin aujourd'hui plus équitablement apprécié. Là surtout, dans l'ombre mal éclaircie, dans l'apparent chaos de ces temps, l'incrédulité était allée chercher ses armes, et une histoire ingrate et mensongère faisait un crime à l'Église de ses propres bienfaits. Le jour s'est levé sur ces grandes questions ; et bien qu'aujourd'hui encore des esprits extrêmes en restent sur le moyen âge au dénigrement absolu ou à l'enthousiasme absolu, un esprit impartial et sincère peut contempler, à côté des misères inévitables, la grandeur réelle de ces temps et la portée véritable des faits.

Quels temps et quels faits immenses! A s'en tenir aux grandes lignes de cette histoire, les invasions et les établissements successifs des barbares, le règne de Charlemagne, le schisme grec, l'islamisme, la féodalité, les croisades, les grands papes, les grands ordres religieux, la lutte du Sacerdoce et de l'Empire, les guerres entre la France et l'Angleterre : voilà les grands faits historiques qui dominent tout le moyen âge. Qui ne voit, d'après ce simple énoncé, quel haut intérêt présentent de telles études? Aussi, avec quelle ardeur les hommes de labeur ont-ils exploré cette époque! La science catholique et même la science protestante s'y sont exercées à l'envi; et qui veut étudier ces temps, n'est pas en peine de trouver d'excellents ouvrages, quelques-uns mêmes écrits par nos frères séparés, que la bonne foi et la vraie science ont transformés en apologistes inattendus de l'Église, de la Papauté, et des grandes institutions catholiques. Comment se fait-il, encore une fois, quand on a des loisirs, qu'on ne soit pas tenté d'étudier par soi-même et de se faire une opinion personnelle, éclairée, sur de tels siècles et de tels faits?

Que ceux auxquels je m'adresse comprennent bien ma pensée. Je ne demande pas à tous les hommes qui ont du loisir, de se faire érudits : mais je ne vois certes pas pourquoi ils dédaigneraient de profiter du travail des érudits; et je leur montre comment ils pourraient, avec peu de peine, ou plutôt avec un très-grand charme, par de simples lectures bien ordonnées, employer noblement leurs loisirs à acquérir d'utiles connaissances, et à tenir constamment leur esprit dans une région élevée. Que d'autres s'enfoncent dans le passé, et fouillent péniblement le sol de l'histoire; en un mot, que les savants fassent la science; mais au moins que les hommes du monde se donnent la peine de lire, et de profiter de la science toute faite!

Vraiment ici ma surprise est extrême, et mes regrets, je ne dirai pas mes reproches, s'adressent non pas seulement aux jeunes gens et aux hommes légers, mais à des hommes sérieux et à des chrétiens sincères, qui restent trop indifférents aux questions les plus intéressantes pour leur foi, et ne prennent pas même la peine de lire les ouvrages des catholiques militants qui sont pour eux sur la brèche, et défendent la cause commune. Comment! voilà des écrivains, des laïques, tels que MM. Ozanam, Lenormant, de Champagny, Albert de Broglie, de Montalembert, qui consacrent de longues années à étudier quelque point important de l'histoire; Ozanam use sa vie à faire l'histoire de l'établissement du christianisme chez les Germains;

M. de Montalembert poursuit depuis vingt ans l'histoire de l'ordre monastique en Occident; M. de Broglie publie sur l'Église et l'empire romain au quatrième siècle quatre beaux et savants volumes : n'y a-t-il pas une vraie tristesse à penser que pour beaucoup de catholiques, à qui il en coûterait peu de lire ces ouvrages, ces ouvrages sont comme non avenus?

Serait-il donc si difficile de faire un travail comme celui que je vais dire, et de lire, dans un temps plus ou moins long, selon les loisirs qu'on a, mais avec suite, la série d'ouvrages que je vais indiquer, qui s'échelonnent pour ainsi dire et se complètent les uns les autres?

Commencer, par exemple, avec *les Césars* de M. de Champagny, y compris *Rome et la Judée;* poursuivre avec ses *Antonins;* trois ouvrages de premier ordre. De là, il n'y a qu'un pas aux quatre volumes de M. de Broglie sur *l'Église et l'empire romain au quatrième siècle;* M. de Broglie donne la main à Ozanam, qui fait suite avec ses volumes sur *la Civilisation au cinquième siècle;* c'est l'époque de l'invasion des barbares; on peut poursuivre, alors encore avec Ozanam et son *Histoire de l'Établissement du christianisme chez les Germains;* puis on rencontre les belles leçons historiques de M. Lenormant, qui introduisent plus avant dans le moyen âge; et les deux magnifiques volumes de M. de Montalembert, sur *les Moines d'Occident.* — Un chef-d'œuvre d'érudition et d'équité historique, qui ferait entrer encore plus à fond dans l'intelligence de ces temps, c'est *le Pouvoir temporel du Pape au moyen âge*, par le modeste et savant abbé Gosselin. — Je pourrais multiplier ces indications; ajouter ici, aux ouvrages cités déjà, l'histoire de quelques grands papes, telle que l'histoire d'Innocent III, ou de Grégoire VII, l'histoire des Croisades. N'est-il pas manifeste que ces lectures seraient pour un esprit quelque peu sérieux du plus haut intérêt, et qu'elles ne demandent pas un travail impossible; qu'il s'agit ici simplement de leur donner une part de son temps, et de les poursuivre avec constance? Voilà comment je comprendrais qu'un homme d'intelligence et de loisir s'occupât d'histoire.

Un autre objet d'études historiques, très-intéressant encore et très-important, aujourd'hui surtout, c'est l'histoire des nations européennes. Je dis aujourd'hui surtout; car dans le système d'équilibre politique qui a prévalu en Europe, et où les rapports de toutes les nations occidentales sont tels, je le répète, que toutes les grandes questions deviennent facilement des questions générales, il est difficile à un homme qui veut être de son temps et savoir l'histoire, de rester renfermé dans celle de son pays : d'ailleurs, l'histoire de France se mêle à celle de tous les peuples voisins; il est donc nécessaire, même pour bien savoir l'histoire de France, de connaître aussi, dans une certaine mesure, l'histoire des nations étrangères : d'Italie, d'Espagne, d'Angleterre, d'Allemagne, de Prusse, de Pologne et de Russie. Encore un nouveau sujet d'étude qui sollicite et condamne la négligence, véritablement incompréhensible, des hommes du monde qui ne lisent pas, ou ne lisent que des futilités.

Mais ce n'est là que la moitié de l'histoire, et l'histoire ancienne, quoique moins nécessaire aux hommes des temps modernes, mérite certes bien aussi la peine d'être étudiée. Mais, où étudier l'histoire ancienne? Dans les ouvrages modernes sans doute qu'on trouvera facilement autour de soi; mais aussi, et avec plus d'intérêt encore, dans les sources, dans les anciens, dans les historiens de la Grèce et de Rome. Non, je n'ai pas un doute à cet égard, et je dis que des écrivains tels que Tite Live et Tacite, César et Salluste, tels qu'Hérodote et Thucydide, Polybe et Plutarque, — tous d'ailleurs traduits en notre langue, — ne doivent pas être négligés.

Certes, ce serait être bien superficiel et accuser bien peu de goût littéraire, que de trouver aujourd'hui surannée et sans charme la lecture de ces immortels ouvrages, qui, à bien des points de vue, nous dominent encore et seront nos éternels modèles. L'antiquité avait évidemment le génie de l'histoire. Je sais bien que Malebranche, un jour, rencontrant un jeune homme de dix-huit ans, qui devait être le président d'Aguesseau, penché sur la lecture de Thucydide, lui conseilla, par préjugé de philosophe contre l'histoire, de fermer le livre ; mais l'exemple du jeune d'Aguesseau n'en est pas moins là pour rappeler aux jeunes hommes de notre temps les solides lectures dont se nourrissait la forte génération du dix-septième siècle. Pourquoi un homme du monde regarderait-il comme indigne de lui de converser de temps en temps avec ces nobles esprits, et de goûter dans leurs pages immortelles le grand style de l'histoire ?

Il y a, du reste, un ouvrage moderne qui contient comme la substance de tous les grands historiens de l'antiquité, c'est l'*Histoire ancienne* et l'*Histoire romaine* de Rollin ; ouvrage composé avec les textes mêmes des anciens, que Rollin a eu le grand bon sens et le grand talent de traduire, et de fondre dans la trame de son récit. Quelles que soient les réserves que la science moderne puisse faire sur la critique de Rollin, ses deux histoires n'en sont pas moins une œuvre admirable, qui fait connaître merveilleusement l'antiquité, et qu'il serait souverainement injuste de ne pas tenir en haute estime. Au reste, si Rollin lui-même paraît trop volumineux, qu'on lise au moins l'abrégé en huit volumes qu'on en a fait ; tout y est substantiel et instructif.

Qu'à tout le moins, on lise les *Considérations sur la grandeur et la décadence des Romains* de Montesquieu, et surtout l'incomparable *Discours sur l'Histoire universelle* de Bossuet.

Ce dernier ouvrage nous conduit à une étude d'un intérêt supérieur encore et d'une plus grande portée. La science de l'histoire a son couronnement dans une science plus haute, la philosophie de l'histoire : point de vue tout moderne ou plutôt tout chrétien, car l'antiquité païenne avait le style de l'histoire, mais elle n'avait pas, et, à vrai dire, ne pouvait pas avoir de véritable philosophie de l'histoire. Tout un côté de l'histoire, et le plus grand, lui était voilé. Il y a deux agents dans l'histoire : l'homme et Dieu; et bien que l'homme nous paraisse au premier plan, en réalité il n'est qu'au second; le premier et le principal agent, c'est Dieu : *l'homme s'agite et Dieu le mène*. D'où il suit que la vraie notion de l'histoire n'est pas autre que le tableau des développements de l'humanité sous l'action de la Providence. L'histoire telle que l'antiquité l'a conçue ne répondait, en partie, qu'à la première moitié de cette définition; la notion de la Providence, très-obscure dans le paganisme, préoccupait peu les historiens, et d'ailleurs, la Providence n'avait pas encore dit son secret. Ce n'est que par le Christianisme, par la révélation biblique et évangélique, que la conduite de Dieu sur les peuples et le but de son action ayant été manifestés, le principe de la philosophie de l'histoire a été posé, et ses grandes lignes tracées. On a su alors que les peuples ne s'agitent pas par des mouvements confus et désordonnés, comme les nuages au souffle des tempêtes, mais qu'il y a un ordre caché dans le désordre apparent où ils roulent et un terme fixé d'avance à leurs mouvements. Et de même que les astres du ciel ne sont pas isolés et indépendants, mais sont groupés en systèmes, et, en même temps qu'ils ont leurs lois, leurs mouvements propres, leurs harmonies particulières, gravitent autour d'un centre mystérieux, et sont emportés d'un mouvement commun dans l'espace, ainsi en est-il des peuples : tous ont leur caractère, leur action, leur mission propre, mais ils font partie d'un système général, ils gravitent autour d'un centre, et s'en vont où Dieu veut, où Dieu permet, où Dieu sait, et ainsi une magnifique unité est au fond de l'histoire.

Et de même encore qu'il ne suffit pas pour avoir la science des mouvements célestes, de connaître isolément les astres, mais qu'il faut de plus connaître l'ensemble et les lois du système dont ils font partie, ainsi pour avoir la haute et vraie science historique, faut-il jeter un coup d'œil d'ensemble sur l'histoire, en connaître le centre réel, et voir comment chaque peuple accomplit librement autour de ce centre sa révolution. Cette synthèse supérieure est la condition de la science; alors, sous la lettre des faits apparait le sens des faits, l'idée qu'ils recèlent, et cette idée est divine. Mais ce n'est que dans les temps chrétiens qu'on a pu ainsi envisager l'histoire. Le principe de la philosophie de l'histoire, je l'ai dit, étant posé, et ses grandes lignes tracées dans les livres saints, les conjectures de la philosophie de l'histoire avaient un point de départ solide : de là sont nés quelques grands ouvrages qu'il est d'un capital intérêt encore de connaître et dont je recommande sans hésiter la lecture à tout homme de notre temps. Dans l'antiquité : *la Cité de Dieu*, de saint Augustin, le beau livre de Salvien sur le *Gouvernement divin*, *l'Abrégé* de Paul Orose, le disciple de saint Augustin ; dans les temps modernes : le *Discours sur l'Histoire universelle* de Bossuet ; je dirai même les deux volumes sur la *Philosophie de l'histoire*, de F. Schlegel, malgré les idées trop hasardées et les faux jugements qui s'y trouvent ; et certains autres ouvrages écrits plus ou moins à ce point de vue, tels que l'*Histoire du monde*, dont M. de Riancey, donne en ce moment une toute nouvelle édition en dix volumes, dans laquelle se trouvent résumées les recherches de la science moderne, avec un solide esprit chrétien ; le beau discours du P. Lacordaire, sur la *Mission de la nation française*, etc. Je citerai encore quelques grands ouvrages de même nature, quand je parlerai de l'histoire ecclésiastique.

Je le répète en terminant, le champ de l'histoire est véritablement sans bornes, les grands ouvrages historiques, anciens et modernes, abondent autour de nous ; l'intérêt, le charme de ces études est extrême : me sera-t-il permis de le redire une dernière fois? comment, quand on a du loisir, de l'esprit, de l'intelligence, et qu'on n'est pas irrémédiablement enfoncé dans la légèreté et la frivolité, comment ne pas prendre goût aux lectures historiques? Véritablement, n'y en a-t-il pas pour tous les goûts, pour tous les attraits, pour tous les esprits? Depuis la biographie jusqu'à l'histoire, depuis les événements contemporains qui nous pressent, nous poussent, jusqu'aux plus lointaines origines des peuples, depuis l'histoire locale de la province, de la ville natale même, jusqu'à l'histoire universelle ; depuis les simples mémoires jusqu'à la haute philosophie de l'histoire? On peut choisir l'époque que l'on voudra, l'historien qui plaira, le système historique qui agréera. Mais au milieu de tant de richesses, rester dans une pauvreté et un dénûment lamentables, dans une ignorance honteuse, ne rien lire quand il y a tant à lire, ou, à des lectures solides et pures, préférer des lectures vaines et malsaines, voilà ce que je ne puis comprendre.

Il faut donc lire, il faut étudier l'histoire, c'est-à-dire il faut la lire avec suite, avec réflexion, la plume à la main, en exerçant à la fois la mémoire et l'intelligence. C'est pour les études historiques, plus peut-être que pour les autres, que je sens la nécessité de répéter et d'inculquer de toutes mes forces le conseil capital, sans lequel on retirera peu ou point de fruit des meilleures lectures : lire avec suite et la plume à la main. Je voudrais des résumés historiques bien faits, et je dirai même matériellement bien écrits et bien soignés, qu'on ait plaisir à garder, à relire, à méditer. D'Aguesseau, que j'aime tant à citer, a dit tout cela encore avec son bon sens pratique admirable.

« La liberté ou la négligence de la mémoire ont besoin d'être dominées par quelque chose de plus fort, et il n'y a que la plume qui puisse les fixer et vous en rendre le maître. Se contenter de lire les choses de cette nature, c'est les écrire sur le sable ; les arranger soi-même et les digérer par écrit, selon son goût et sa méthode particulière, c'est graver sur l'airain ; le travail en est plus grand, je l'avoue, mais, outre que le fruit en est aussi infiniment grand, vous reconnaîtrez un jour que vous aurez gagné, même du côté du travail, parce que vous ne serez plus obligé de revenir sur vos pas et de recommencer à vous instruire de nouveau, ce qui arrive presque toujours à ceux qui se contentent d'une simple lecture et qui ne se donnent pas la peine d'arrêter par l'écriture des notions qui nous fuient et qui nous échappent malgré nous, si nous ne savons pas les fixer. »

## V

### LE DROIT.

Une des plus hautes et des plus belles études auxquelles il soit donné à un homme de se livrer est assurément l'étude du Droit.

Parmi toutes les choses de l'humanité, le droit est sans contredit une des plus saintes et des plus vénérables.

Soit qu'on l'envisage en lui-même, dans son origine, dans son objet, dans son but, soit qu'on l'étudie dans les lois humaines qui le déterminent et le règlent, le Droit apparaît avec un caractère de gravité, de grandeur, et d'autorité, qui fait de cette science une science à part et souveraine.

Le Droit a son origine dans la loi éternelle qui est Dieu. « Le Droit « est la raison universelle, la suprême raison fondée sur la nature des « choses. Les lois sont ou ne doivent être que le droit réduit en règles « positives, en préceptes particuliers. » Ainsi s'expriment les auteurs du premier projet du Code civil dans leur discours préliminaire.

L'orateur romain disait dans un langage encore plus élevé :

« Il y a une loi, non écrite, mais innée, que nous n'avons pas « apprise de nos maîtres, ni reçue de nos pères, ni étudiée dans les « livres : nous la tenons de la nature même... C'est cette loi natu- « relle qui est l'esprit et la raison du sage, la règle du juste et de « l'injuste... C'est de cette loi suprême, universelle, née avant qu'au- « cune loi eût été écrite, aucune cité fondée, que dérive le Droit. » *Pro Milone*, IV. — *De Legibus*, I, 6.

Un des spectacles les plus beaux à contempler et qui donnent une plus haute idée de l'homme, c'est le travail de l'humanité sur le Droit; comment de ces principes généraux d'équité naturelle, empreints dans l'âme humaine par son Auteur, l'humanité, après bien des incertitudes et des défaillances, et à l'aide surtout des lumières apportées aux hommes par la révélation chrétienne, a pu tirer, par un incessant travail et un progrès continu, ce vaste ensemble de lois, qui font descendre le droit dans les plus grandes comme dans les plus ordinaires relations des hommes, et où se reflètent l'histoire comme le génie de chaque peuple : car la mesure du progrès et de la civilisation d'une société, ce sont ses lois; telles les lois, tel le peuple.

C'est Rome surtout qui a reçue plus que tout autre cité, avec le génie de la guerre et de la politique, le génie du Droit : c'est Rome qui, avec son bon sens pratique, son entente des affaires humaines, a pu fonder ces lois qu'on a appelées la *raison écrite*. Quelles qu'en soient les lacunes, et la dureté, les peuples modernes les invoquent encore tous les jours, et, quoique éclairés sur la justice et le droit de lumières plus hautes, ils ont fait passer plus ou moins dans leur droit le droit romain.

Qu'y a-t-il, je le demande, de plus grand tout à la fois, de plus pratique, de plus usuel, de plus applicable que cette étude? Car qu'y a-t-il dans les choses humaines, dans les relations des particuliers et des peuples, en dehors du Droit? Quel intérêt, grand ou petit, ne rentre, par un côté ou par un autre, dans le cercle immense d'une législation?

Le Droit touche à tout, embrasse tout. « Les divers peuples ne vi- « vent entre eux que sous l'empire du droit; les membres de chaque « cité sont régis, comme hommes, par le droit, et comme citoyens « par des lois... Toutes les lois, de quelque ordre qu'elles soient, ont « entre elles des rapports nécessaires. Il n'est point de question pri- « vée dans laquelle il n'entre quelque vue d'administration publique, « comme il n'est aucun objet public qui ne touche plus ou moins « aux principes de cette justice distributive qui règle les intérêts « privés. » Tel est le grave langage de M. Portalis; et pour ma part, je ne saurais dire assez en quelle estime je tiens le Droit et la science du droit, à quelle hauteur, dans l'ordre des sciences humaines, m'apparaît cette science maîtresse, et quel est mon étonnement et ma pitié, quand je rencontre à l'endroit de cette science, dans ceux qui peuvent et doivent l'étudier, des préventions absurdes ou de lâches répugnances.

Je ne me propose pas de combattre ici l'étrange préjugé, trop vivant encore dans certaines familles, d'après lequel on considère comme peu dignes d'un grand nom et d'une grande race les fonctions augustes de la magistrature : ceux qui ont de la magistrature de telles idées feront bien de s'en éloigner : ils y sont peu propres. Je ne m'arrête pas à démontrer combien, en notre temps surtout, où, dans la ruine des priviléges, les lois sont souveraines, la haute magistrature ajouterait à l'éclat d'un grand nom ; mais, qu'on soit ou non magistrat, il y a trois choses qui m'étonnent et dont je ne puis me rendre raison : c'est qu'on refuse, quand on le peut, d'étudier le Droit, c'est qu'on l'étudie avec répugnance, c'est qu'on abandonne cette étude quand on l'a une fois commencée.

La vérité est pourtant qu'on rencontre souvent des jeunes gens de famille qui ne veulent pas faire leur droit, et d'autres, en plus grand nombre encore, qui le font, pour l'avoir fait, non pour le savoir, et qui, une fois les trois ou quatre années de droit passées, ne s'en occupent pas plus que s'ils ne l'avaient jamais étudié.

Eh bien, je déplore ce triple aveuglement, ce triple malheur. Non, je ne comprends pas qu'un jeune homme qui n'a pas une carrière spéciale, qui n'est pas militaire, ingénieur, médecin, et qui ne fait rien, ne fasse pas au moins son droit. Je regrette même qu'un jeune homme qui se destine à une carrière, mais non incompatible avec les études au moins élémentaires du droit, se prive de cette science et se condamne à l'immense infériorité qu'aura toujours dans son pays un homme qui ne connaît pas le Droit et les lois de son pays.

Le bon sens ne dit-il pas que, s'il est une connaissance utile, indispensable, c'est celle-là, et que si l'ignorance des lois du pays où l'on vit est tolérable, c'est seulement chez ceux que des circonstances indépendantes de leur volonté ont mis dans l'impossibilité de les connaître? Cette ignorance est tellement regrettable que la loi même ne la suppose jamais, et que, par une présomption légale, raisonnable, tout citoyen est toujours censé connaître la loi qui le régit.

Assurément l'étude de la jurisprudence n'est pas une étude qui n'exige aucun labeur, mais la paresse a ici moins que partout ailleurs le droit d'être entendue. Quand l'immense intérêt que l'étude des lois présente, si elle est faite comme elle doit l'être, ne suffirait pas à y attirer un jeune homme sérieux, je me demande comment ce jeune homme n'arrive pas à comprendre qu'il ne peut point honnêtement s'en passer, et qu'il se prépare par là plus tard, dans les circonstances les plus vulgaires et les plus fréquentes de sa vie privée, mille embarras misérables, et, pour la vie publique et la vie intellectuelle, une déplorable médiocrité. Il aurait beau vouloir se réfugier dans l'abstention et la nullité la plus complète : le Droit l'enlace, le saisit par tous les points de son existence. Car enfin il a sa fortune, ses terres, ses intérêts matériels; il a des relations sociales, il achète, il vend, il échange; il a des parents, une famille; il se mariera, il aura des enfants; il sera héritier ou légataire ou testateur; il peut citer ou être cité en justice. En tout cela le Droit intervient, règle, confirme, annule, pose des conditions ou des incapacités, confère ou refuse des actions, etc., etc. Ne rien savoir de tout cela, être obligé, quand l'occasion s'en présente, c'est-à-dire, sans cesse, dans la vie, de montrer sur ces choses usuelles, quotidiennes, une inexpérience, une ignorance absolue, ne voir dans ses propres intérêts que par l'œil des autres, être à la merci des hommes de loi : quand c'est une nécessité, quand on n'a pu faire autrement, à la bonne heure; mais quand on pourrait, en consacrant quelques années de sa jeunesse oisive à un travail honorable, se mettre en état d'entendre ces choses, d'être compétent dans ses propres affaires, et qu'on ne l'a pas fait, et qu'on est resté sur ces matières aussi ignorant qu'un homme du peuple, je dis que c'est grande pitié.

Mais on n'a pas que ses propres affaires : on est de sa commune et de son département; on peut faire partie d'un conseil municipal ou général, et, si l'on a un grand nom et une grande fortune, on ne peut y être inaperçu : n'est-il pas évident toutefois que sur une foule de questions on se montrera d'une complète incompétence, si on ignore le Droit?

Mais il y a un champ plus vaste encore à la vie civique; on est de son pays, autant que de sa commune et de son département. Eh bien, voilà une digne ambition et qui pousse aux nobles travaux, celle de représenter son pays, de siéger dans les assemblées politiques, de parler et de voter sur les grands intérêts de la France et de l'Europe. Je l'avoue, je voudrais voir dans tout jeune homme qui a un nom, une fortune, un talent, ces hautes visées, non pour susciter dans la société des incapacités prétentieuses, mais pour animer la jeunesse aux sérieux labeurs qui préparent aux honorables destinées. Eh bien; je le demande, sera-t-on capable de représenter son pays, si on ignore les lois de son pays? Renoncer à l'étude du droit dans sa jeunesse, c'est donc se fermer d'avance l'honneur de toute grande carrière politique. — On dira : Mais je ne suis pas fait pour les grandes choses! — Qu'en savez-vous? Qui vous l'a dit? Avez-vous fait jamais une suffisante épreuve de vous-même? Qui sait ce qui pourrait sortir de vous un jour, si toutes les puissances de votre âme, excitées par un grand but, s'appliquaient à un travail fécond et persévérant? — Mais j'ai des opinions qui m'interdisent en ce moment la vie publique : je me tiens à l'écart de la marche actuelle du gouvernement. — Soit, si c'est ainsi que vous entendez votre dignité et votre devoir. Mais, en tout cas, c'est une étrange manière de servir ses opinions et de se réserver pour les éventualités favorables, que de se condamner à la nullité pour le présent, et à l'incapacité pour l'avenir. Si ces chances plus heureuses, qu'on attend, arrivent jamais, elles passeront vite, à moins qu'il n'y ait des hommes pour en profiter et en assurer le triomphe.

Qu'on l'entende bien, on ne fait rien qu'avec des hommes, et, dans la vie politique, on n'est pas un homme qui compte, quand on s'est mis, par son ignorance des lois du pays, en dehors des mille questions où la connaissance de la législation et du Droit est nécessaire, quand on s'expose à montrer, qu'on me passe cette expression, le bout de l'oreille dans le moindre rapport sur la moindre affaire.

Il y a encore en France une autre tribune que la tribune politique, il y a la tribune de la presse. Tout cela est restreint, je le sais; mais enfin il faut au moins profiter de ce qu'on a. Vous ne serez pas député; mais vous pourriez tenir une plume. Eh bien! là encore l'étude du Droit est nécessaire; là encore, sans la science du Droit, on se condamne à l'infériorité, à l'incompétence, sur mille points. Le Droit ne règle pas seulement les questions de mur mitoyen et d'héritage : le droit touche à tous les sommets des choses; toutes les plus hautes questions de politique et de morale y sont rattachées. Aujourd'hui surtout que dans ce pêle-mêle des opinions et des systèmes, tous les principes sont contestés, toutes les grandes vérités attaquées, celui qui veut se jeter dans la lutte, non pour perdre sa voix en l'air, mais pour être un utile soldat de la justice, doit demander à la science du droit ses lumières, sinon il est condamné à chaque instant à garder le silence, ou à parler sans autorité. Depuis soixante ans, que n'a-t-on pas essayé d'ébranler en Europe? Avec la Religion, tous les droits, tous les devoirs, la propriété, la famille, la liberté, l'autorité, la souveraineté, toutes les choses divines et humaines : tout a été et est encore chaque jour remis en cause. Comment écrire pertinemment sur toutes ces choses, si on ne s'est pas mis en possession de ce trésor de lumières, que la haute raison des jurisconsultes religieux et des plus graves publicistes a, par tant de profondes méditations, amassé sur ces matières?

Voici une seule question sur laquelle nous avons longtemps combattu, et sommes prêts à combattre encore : la liberté d'enseignement. S'agissait-il là simplement d'interpréter un article de la Charte? Est-ce que les droits et les devoirs de la famille, l'autorité paternelle, les droits de l'enfant, la liberté de conscience, les droits et les devoirs de l'État comme ceux de l'Église, n'étaient pas à la fois en jeu dans ce débat? Les hommes les mieux posés pour traiter ces grandes questions et nous aider efficacement dans cette cause, n'étaient-ce pas ceux qui, au talent de la parole, au talent d'écrire, joignaient la science du droit dans sa partie élevée et philosophique, en même temps que dans ses détails précis et pratiques? Et ici, puisque ce souvenir m'est revenu, comment pourrais-je m'empêcher de nommer avec reconnaissance MM. Berryer, de Vatimesnil, de Ravignan, de Riancey, Albert du Boys, Béchard, en même temps que MM. de Montalembert et de Falloux !

J'étais à Rome, en 1862, avec un jeune homme plein de cœur et de talent, profondément dévoué à la cause du Pape, ayant même déjà écrit et souffert pour elle : je lui parlais de la nécessité de faire son droit, même au point de vue des causes qu'on aime, et pour se mettre en état de les mieux servir par cette science indispensable et par la forte culture d'esprit qu'elle donne. Il résistait, et me faisait encore des objections misérables. Tout à coup j'aperçus sur ma table un journal. « Tenez, lui dis-je, il y a dans ce numéro un article d'un de vos amis, qui vous fera plaisir. » C'était un article de M. Étienne Récamier, démontrant, textes en main, à l'encontre d'une circulaire regrettable de M. de Persigny, que les volontaires pontificaux ne pouvaient pas avoir perdu leur nationalité pour avoir servi le Pape. « J'ai lu, dit-il, cet article, il est excellent. — Vous en êtes content, lui dis-je, vous voudriez l'avoir écrit? — Certainement, me dit-il. — Eh bien! en auriez-vous été capable?... Il fut embarrassé et baissa la tête. — Oui, repris-je, vous en auriez été parfaitement capable, si vous aviez fait votre droit. »

Et j'ajoutai : « Croyez-vous que l'ancien président de la Chambre des députés, l'ancien garde des sceaux, l'auteur de *Rome devant l'Europe*, M. Sauzet, eût pu mettre à néant, dans son remarquable parallèle des lois romaines et du Code Napoléon, tant d'absurdes accusations jetées par l'ignorance et la mauvaise foi au gouvernement pontifical, s'il n'était pas un savant et profond jurisconsulte, en même temps qu'un habile et éloquent écrivain? Vous voyez donc qu'on se désarme, et qu'on se condamne souvent à l'impuissance et au silence, quand on néglige une étude comme celle du Droit. » Mon jeune ami me promit de faire son droit, et il tient courageusement parole : je suis sûr qu'il m'en remerciera un jour.

Il faut donc faire son droit, quand on peut faire son droit, et ceux-là sont bien inintelligents de l'avenir d'un jeune homme qui ont la faiblesse de céder sur ce point à ses répugnances paresseuses, et de laisser dans son éducation cette lacune, et dans sa vie cette cause d'infériorité et de médiocrité éternelle.

Mais faire son droit, qu'est-ce que c'est? Est-ce passer simplement quelques années dans une ville, suivre, vaille que vaille, ses cours, et passer ses examens? Je le sais : ces trois ou quatre années de droit sont le juste effroi des familles et la perte d'une infinité de jeunes gens. Ils périssent dans cette atmosphère empestée des grandes villes, et dans les dangers d'une liberté sans limites : ils y laissent en même temps, hélas! la foi et les mœurs. Aussi est-ce une très-bonne pensée que celle qui est venue plusieurs fois à des hommes de bien de leur offrir à Paris quelques asiles, quelques maisons sûres, où ils pourraient se conserver par le travail et le bon exemple. C'est, en partie du moins, une pensée de ce genre qui nous a fait ouvrir, au petit séminaire d'Orléans, nos cours supérieurs pour ménager à nos jeunes gens une transition de la vie surveillée du collége à la libre vie d'étudiant. Je sais des parents qui sont allés demeurer à Paris ou dans d'autres villes de Facultés, pendant tout le temps que leurs fils y faisaient leur droit, pour leur continuer le bienfait de la surveillance et de la direction paternelle. J'en sais d'autres qui ont fait étudier le droit à leurs fils dans leur famille même, sous la direction de quelque habile homme de loi. Mais enfin si l'étude du Droit a ses périls, l'oisiveté en a d'autres, non moins redoutables. S'il n'y a pas là une raison pour abandonner l'étude du Droit, il y en a une très-forte pour que cette étude soit sérieuse et laborieuse. Mais c'est, il faut le reconnaître, ce qu'elle est trop rarement. Alors, à quoi sert-elle? Et qu'en reste-t-il pour l'avenir?

Non, il ne faut pas étudier le Droit en s'amusant, et assez pour passer plus ou moins bien peut-être un examen; il faut étudier le Droit pour le savoir, pour le posséder, pour en avoir la grande intelligence et la grande science; du moins, pour entrevoir les grands horizons dans lesquels on pourra entrer un jour. Je sais, je le répète, que cette science, comme toute science, a ses difficultés, ses aridités; j'entends même dire que l'enseignement élémentaire du Droit dans les Facultés n'est pas fait toujours pour le rendre plus attrayant, qu'on retient trop exclusivement les élèves dans les textes et les formules, qu'on s'élève trop rarement aux considérations générales, aux grands principes, à la philosophie de la science. J'ignore jusqu'à quel point les nécessités d'un premier enseignement imposent une telle méthode, mais j'ai entendu plus d'une fois les magistrats les plus compétents en faire une sévère critique, l'accuser d'être trop terre à terre, et de fermer, au lieu de les ouvrir, les grands horizons du Droit. Pour moi, je suis loin assurément d'avoir fait une étude profonde de cette science ; néanmoins, je dois dire que ce que j'en ai étudié avec soin, le Code civil, où j'ai particulièrement cherché les rapports de la théologie morale avec le droit, m'a toujours paru une étude singulièrement belle et attachante.

Assurément, à s'en tenir aux textes seuls, cette étude est aride et sans lumière, et je comprends l'ennui et le dégoût qu'elle offre à des esprits jeunes et ardents, avides d'un aliment plus généreux : mais si l'on approfondit un peu les textes, si on les pénètre par une méditation attentive, si on cherche à en comprendre les raisons, on ne tardera pas à apercevoir sous ces sèches formules les pensées les plus dignes d'un esprit grave et élevé. Je ne crois pas, certes, il s'en faut, le Code civil parfait : on y a fait, à plusieurs reprises, des réformes considérables, et les jurisconsultes savent assez qu'il y en aurait de très-importantes à y introduire encore ; mais, tel qu'il est, j'avoue que peu d'œuvres de l'esprit humain m'inspirent plus d'admiration ; car le Code n'est pas l'œuvre d'un homme, ni de quelques hommes ; les éminents jurisconsultes chargés d'en préparer le projet ne l'ont pas tiré d'eux-mêmes : il y a là le dépôt vénérable de l'expérience et de la sagesse des âges, avec une infusion d'esprit chrétien, dont les auteurs du Code, malgré l'esprit du temps, n'ont pas pu se défendre, parce que cet esprit était répandu dès longtemps dans les mœurs et dans les lois.

Ce que la sagesse romaine pénétrée par le Christianisme, ce que l'expérience de nos pères et la sagesse de nos rois, pendant quatorze siècles, ont pu trouver de meilleur, voilà ce qui a plus ou moins passé dans ce code ; et pour faire un choix dans ces trésors, pour rédiger ces textes, tout ce que la France avait de jurisconsultes éminents ont longtemps étudié, délibéré, discuté ; il n'est pas un mot dans ces innombrables articles, qui n'ait passé au crible de ces discussions savantes et contradictoires, que nous possédons encore, que le jeune étudiant en Droit peut lire. Comment admettre qu'il n'y ait pas dans une telle étude un intérêt de premier ordre, et que penser des plaintes banales de certains étudiants sur la prétendue aridité d'une telle science ? Que penser de la façon pitoyable avec laquelle tant de jeunes gens légers font leur droit ?

Si maintenant on examine ce qui fait la matière même des lois civiles, est-il au fond quelque chose de plus important ? Le mariage, le gouvernement des familles, l'état des enfants, les tutelles, les questions de domiciles, les droits des absents, la différente nature des biens, les moyens d'acquérir, de conserver et d'accroître sa fortune, les successions, les contrats, voilà les principaux objets du Code civil ; toutes choses qui, en définitive, sont les fondements de l'ordre social, et touchent aux plus grands principes de la philosophie, de la morale et de la religion : et ce sont ces choses surtout, et les raisons des choses, plus encore que les formules, qui sont ou doivent être la vraie étude du Droit, et qui en font la vraie science : non, le peu de goût de certains jeunes gens pour de telles matières ne peut venir évidemment que d'un vice de l'enseignement qui appellerait une réforme, ou que d'une triste paresse d'esprit, dont il importe souverainement que la jeunesse se préserve.

Il est clair que si les cours de droit ont été suivis avec dégoût, cette étude, une fois les premiers examens passés, sera irrévocablement abandonnée. C'est en effet ce qui arrive. On a passé, bien ou mal, sa licence et sa thèse : c'est fini, on a fait son droit, on n'y reviendra plus. Le sait-on, cependant? Et n'en est-il pas de cette science vaste et compliquée, et à plus forte raison encore, comme de toutes les autres? Les premières études ne sont-elles pas plutôt une préparation à la science que la science elle-même? Et le peu qu'on a appris en quelques années de droit ne sera-t-il pas bientôt emporté, si l'on ne prend soin d'entretenir ces connaissances d'autant plus fugitives que la base en est toute positive et repose sur des textes? Si donc on doit faire son droit, non pour le faire, mais pour le savoir, il faut, quand une fois on l'a fait, le continuer et le pousser plus loin encore. Ceux qui pratiquent cette science, les avocats, les administrateurs, les magistrats, ont eux-mêmes besoin d'une incessante étude : comment un jeune homme privé de ce grand commentaire du droit qui s'appelle la pratique, pourra-t-il espérer en conserver autre chose que des idées vagues et confuses, sans lumière, sans fécondité, sans puissance, s'il ne supplée par l'étude à ce qui lui manque du côté de l'expérience? Au contraire, les premières études, bien faites, sont une base sérieuse pour s'élever de là à une connaissance plus haute, à des vues plus étendues : par quels moyens? Par la lecture des grands auteurs. C'est le moment alors de lire avec fruit les grands auteurs, les vrais jurisconsultes, les illustres publicistes, ces esprits sages, qui ont vu haut et juste dans les choses humaines, ou bien les grands orateurs du barreau, qui savent élever à la hauteur des principes les questions de fait et de détails, et répandre les charmes de l'éloquence sur les plus épineuses discussions. Qui ne sent tout l'intérêt et tout le fruit de telles études, faites avec suite et méthode? J'avoue que, pour ma part, c'est un des regrets de ma vie, dévorée par les affaires et les devoirs de ma charge, de ne pouvoir à loisir me plonger quelquefois dans ces lectures, et entendre sur les plus graves intérêts de cette terre, sur les questions les plus fondamentales pour les sociétés humaines, les esprits éminents qui ont fondé la grande science du droit.

Eh! bien, cette science, elle est là, dans ces immortels écrits ; c'est là qu'il faut la prendre. Si on avait plus de courage aujourd'hui pour remuer ces volumes, pour interroger ces monuments de ferme bon sens, de raison élevée, peut-être nos âmes s'en ressentiraient-elles comme nos esprits, et la race des hommes fortement trempés et des grands caractères diminuerait moins parmi nous. Quand je vois ce que le chancelier d'Aguesseau a écrit pour son fils, le plan d'études qu'il lui trace, comment on entendait en ce temps-là former un homme et un magistrat, j'avoue qu'il me prend parfois je ne sais quelle pitié pour la mollesse et la légèreté modernes, et que je me demande avec tristesse : Quand donc reverrons-nous en France cette école de grands esprits et de grandes âmes, de grands jurisconsultes et d'immortels magistrats ?

Mais j'ai moins coutume de médire de mon temps que de travailler à le servir. Je n'ai pas d'ailleurs l'ambition de d'Aguesseau et ne prétends pas faire ici l'institution d'un magistrat. Aussi bien, ici encore, le moins difficile n'est pas de convaincre en matière si évidente; le plus utile, là comme ailleurs, est de donner des conseils précis, et d'indiquer une bonne route.

J'ai consulté sur ce point les hommes compétents, je leur ai demandé quelles études, quelles lectures de droit pourrait faire un homme du monde. Ce sont les auteurs et les livres conseillés par eux que j'indique ici. Les modernes y ont une grande place, mais les grands maîtres en la science du droit n'y sont pas oubliés.

Deux jurisconsultes fondamentaux ont écrit avant 1789, ce sont Domat et Pothier. Domat pour le droit romain, Pothier pour le droit français.

Une étude du plus haut intérêt serait de comparer Domat avec le texte même du Digeste ; Pothier avec nos nouveaux codes français, qui l'ont presque toujours copié : je n'hésiterais pas à conseiller ce travail à un jeune homme intelligent et laborieux, ce serait une excellente manière de *repasser* et d'illuminer son droit.

A l'étude comparée de Domat et du droit romain, ce jeune homme pourrait joindre les Commentaires de Cujas sur les lois de Papinien, et quelques ouvrages spéciaux de Ducaurroy, de Pellat, etc., parmi les modernes. — « On ne lit pas assez Cujas aujourd'hui, » me disait un honorable magistrat, « Cujas était un homme de génie. »

A l'étude de Pothier et des codes comparés, on peut joindre les Commentaires de Troplong, Demolombe, etc.

Il existe une collection précieuse ; c'est celle qui a pour titre : *Les Motifs du Code civil*. Elle se compose de deux volumes contenant, l'un, la Discussion du Code civil devant le Conseil d'Etat, dans ces réunions que le premier Consul aimait à présider lui-même, et où il prenait souvent la parole; l'autre, la discussion du même Code civil devant le Corps législatif : rien n'est plus intéressant, et plus instructif sur le vrai sens du Code civil, que l'étude de ces discussions. C'est une lecture dont nous avons beaucoup profité pour notre part, et que nous recommandons hardiment aux esprits sérieux.

Comme histoire du droit romain, des auteurs excellents ce sont : Sigonius surtout, *de Jure Italico et Provinciali*, et Laboulaye pour la procédure criminelle, le *Barreau romain*, par Grellet-Dumazeau (la 2e édition). (Il peut dispenser d'étudier François Pollet); *Antiquités romaines* de Hugo, etc.

Pour l'histoire des lois grecques, *Leges Atticæ* de *Samuel Petit.*

On peut lire sur ce point l'*Histoire universelle* de Cantù, et sur le droit romain l'*Histoire des Italiens* du même Cantù.

Les *Origines du Droit* de M. Michelet ont un préambule qui assurément est trop poétique. Mais cela du moins saisit l'imagination des jeunes gens et peut leur faire aimer le droit, en leur montrant qu'il y a dans cette science une vie puissante; et qu'il ne s'agit que de la mettre en relief.

Pour l'histoire du droit français en particulier, il faut lire les Commentaires sur la Loi salique de Pardessus; le volume d'*Introduction au Droit français* de M. Giraud; les *Formules* de M. de Rozière; l'*Histoire du Droit français* de Laferrière; l'*Histoire de l'Administration en France depuis Philippe Auguste* de M. Dareste de la Chavanne; les Essais et les Leçons de M. Guizot sur l'histoire de France; Montesquieu; *la Théorie des lois politiques de la France*, de mademoiselle de Lézardière; Brussel, *de l'Origine des fiefs*, etc.

En fait de droit administratif, Serrigni, *Histoire du Droit administratif chez les Romains*, et ses autres ouvrages; Cormenin, Foucart, Macarel, etc.

Pour le droit criminel, les deux ouvrages de Faustin Hélie passent pour les meilleurs : Il y a un Essai historique très-estimé dans la préface de son commentaire sur le Code de procédure criminelle. Et en outre j'ai le plaisir ici de pouvoir recommander, avec les appréciateurs les plus compétents, un ouvrage de recherches consciencieuses et de profond savoir, la grande *Histoire du Droit criminel des peuples anciens et modernes* (six volumes in-8, quatre seulement ont paru) par M. Albert Du Boys, mon honorable ami.

J'ai dit qu'il est indispensable aussi de lire les grands plaidoyers sur les grandes causes : j'indique ici les beaux discours de Cochin, les œuvres de d'Aguesseau, *le Barreau ancien et moderne* et les *Annales du Barreau*, ce dernier ouvrage plus complet que le premier; et enfin, dût-on m'accuser de trop céder ici à mes préoccupations littéraires, — mais je suis sûr que les grands maîtres dans la science du droit et dans l'éloquence du barreau ne me démentiront pas, — il faut lire et relire encore les grands orateurs de l'antiquité, Cicéron, Démosthènes, Lysias, Hypéride et les autres orateurs grecs, qui seraient des modèles excellents pour notre Barreau actuel, devenu l'ennemi des phrases.

Sous ce dernier rapport, les *Institutions oratoires* de M. Delamarre ont un peu vieilli, quoique cet ouvrage ne date que du commencement de notre siècle. Cependant il y a encore d'excellentes choses à étudier dans ce livre, écrit spécialement au point de vue de notre Barreau.

A cette catégorie d'ouvrages on peut rapporter, comme beau modèle de l'étude philosophique du Droit, l'excellent livre de M. Troplong, l'*Influence du Christianisme sur le Droit romain.*

*Si le courage croît avec le travail*, comme disait d'Aguesseau, il faudra joindre à ces études l'histoire particulière des coutumes et institutions, ainsi que celle des faits de la province à laquelle on appartient. Ainsi il faut, — si l'on est Breton, lire d'Argentré le célèbre jurisconsulte, et la grande Histoire de dom Morice et dom Lobineau. — Si l'on est Dauphinois, Salvaing de Boissieu et Expilly d'une part, et de l'autre, Chorier et le Président de Valbonnays, etc. Et si l'on veut remonter aux origines mêmes de notre vieux droit français, il est important d'étudier Beaumanoir et Pierre Fontaines, les Triboniens de saint Louis, mais il faut, pour lire avec intérêt ces deux auteurs, s'habituer auparavant au vieux français du sire de Joinville.

Une partie bien importante de cette vaste science, c'est l'étude du droit civil ecclésiastique dans ses rapports avec le droit canonique. Que d'idées fausses ont cours sur ces matières, et sont adoptées quelquefois par des amis mêmes de l'Église! Je ne conseillerais de lire qu'avec bien des précautions les auteurs antérieurs à 1789, à commencer par Fleury. Presque tous sont entachés d'un parlementarisme intolérable. Mais cependant on ne trouvera pas ces funestes tendances dans l'Histoire de l'Église gallicane, par le P. Longueval, et encore moins dans celle du concile de Trente, par Pallavicini. On lira ces ouvrages avec beaucoup d'intérêt et de fruit.

Enfin, si l'on veut étudier le droit ecclésiastique dans ses rapports avec le droit public et civil de la France moderne, on trouvera plusieurs bons ouvrages spéciaux, composés de nos jours même, tels que l'*Appel comme d'abus*, par Mgr. Affre, ou *le Mariage civil*, par M. Sauzet; ou des recueils intelligents, éclairés par d'utiles commentaires et faits dans un bon esprit. Les droits de l'Église y sont souvent défendus, comme il convient, contre les empiétements de l'État.

C'est un progrès du dix-neuvième siècle que d'avoir produit en France des jurisconsultes laïques très-distingués, tels que MM. Hennequin, Sauzet, Berryer et plusieurs autres, jeunes encore et pleins d'avenir, qui embrassent résolûment, au nom même des principes généraux de liberté, admis dans nos constitutions nouvelles, la grande cause du plein exercice du culte catholique débarrassé de toutes les entraves dont l'entourait jadis le pouvoir absolu.

On peut dire que c'est la fondation d'une école toute nouvelle dans les fastes de la jurisprudence française, égarée, sous ce rapport, par le parlementarisme, depuis Philippe le Bel. Cette réaction salutaire, née d'une intelligence plus chrétienne et plus haute de la liberté, amènera, je l'espère, dans un temps donné, des modifications correspondantes dans les rapports de l'Église et de l'État. Aussi tout jeune catholique qui a du loisir et de l'aptitude pour les sciences morales devrait-il étudier le droit public et le droit privé de la France pour contribuer à la révolution salutaire qui tend à s'y opérer, et qui sera, si elle parvient à s'accomplir, une des gloires de notre temps.

## VI

### L'ESTHÉTIQUE.

Une étude moins austère que l'étude du Droit, mais d'un bien grand intérêt encore, et plus attrayante pour les hommes du monde, c'est l'*Esthétique*, c'est-à-dire la science du beau, la philosophie de l'art.

Nouvelle sous cette dénomination, et comme science à part, car c'est en l'année 1750 seulement que parut le premier ouvrage qui ait porté le titre d'*Esthétique*, elle est néanmoins, dans ses principes et ses applications, aussi ancienne que la philosophie et que l'art; et c'est avec raison qu'on en a fait une science spéciale : correspondant à une des idées fondamentales de l'esprit humain, à l'idée du beau, de même que la logique correspond à l'idée du vrai, et la morale à l'idée du bien, l'Esthétique méritait aussi bien que ces deux dernières sciences d'être dégagée de la métaphysique et étudiée en elle-même.

L'Esthétique traite du beau en général, et du sentiment que le beau fait naître en nous : elle construit la théorie philosophique de l'art ; puis elle fait à chacun des arts particuliers l'application des principes qu'elle a établis sur l'art en général. De là deux grandes divisions dans cette science, une partie purement théorique, et une partie positive, à la fois historique et critique. Sans jeter mes lecteurs dans des détails minutieux ou abstraits, je tiendrais du moins à dire ici quelques mots de ces deux parties de la science esthétique, afin de montrer l'intérêt et le charme qu'une telle étude pourrait offrir à une personne du monde, et aussi à quel point de vue il faut considérer les arts pour donner à cette étude la direction, la tendance élevée qui lui convient.

Ici, je n'en doute pas, je rencontre plus de dispositions favorables que de préjugés contraires. Qui ne se sent attiré par l'idée du beau ? Qui ne désire, sinon réaliser des œuvres d'art, du moins en goûter les délicates jouissances, et au milieu de tous les monuments de l'art ancien et de l'art moderne qui nous entourent, ne pas ressembler, par l'impéritie du goût, à un barbare au milieu d'une société civilisée ?

Il y a en France, comme dans d'autres pays de l'Europe, plusieurs grandes institutions consacrées aux arts : nous avons une *École des Beaux-Arts*, dont nous envoyons les grands prix à Rome ; pour un art spécial, la musique, nous avons un *Conservatoire ;* et enfin à l'Institut de France, nous avons l'Académie des Beaux-Arts. En ouvrant ainsi aux beaux-arts les portes de l'Institut, et en voulant qu'ils fussent une des cinq Académies qui composent cet illustre corps, le génie français a placé les beaux-arts sur la même ligne que les lettres et les sciences ; il les a honorés à l'égard de tout ce qu'il y a de plus grand dans l'esprit humain. Or, dans un pays qui honore à ce degré les arts, qui en recueille les chefs d'œuvre dans ses monuments publics, et qui possède sur son sol et dans ses musées d'incomparables richesses artistiques, bien qu'il ne soit pas l'Italie ni la Grèce, un homme bien élevé ne peut pas se tenir en dehors de cette importante partie de la science philosophique et des œuvres du génie humain. On le sent si bien que, dans la société cultivée, tout le monde s'occupe d'art, ou du moins en a la prétention. Une multitude de gens font du dessin, de la peinture, de l'aquarelle ; chacun veut avoir son album ; on va voir les musées, les expositions. On fait passer aux jeunes gens et aux jeunes personnes dans les pensionnats un temps considérable à apprendre le chant, le piano ; faire de la musique, c'est souvent l'occupation la plus sérieuse d'un salon. Avec tout cela, devient-on artiste ? est-ce vraiment de l'art qu'on fait ? Non ; et pourquoi ? Parce qu'on n'a pas de l'art une idée ni assez haute ni assez juste ;

on le traite avec trop de légèreté, on ne se place pas au point de vue élevé de l'art; en un mot, on fait de tout cela un pur amusement, au lieu d'en faire aussi une culture de l'âme.

L'art, nous le dirons tout à l'heure, n'est point chose frivole; sa mission n'est pas seulement de plaire; il peut avoir, il a une portée plus haute, des résultats plus sérieux. Fidèle à lui-même, à sa mission vraie, l'art a une influence réelle, profonde dans la vie sociale comme dans la vie privée, sur les peuples comme sur les individus. Il est une des ailes données à notre âme pour nous élever, au-dessus de la vie vulgaire et de ses tristes réalités, dans les pures régions de l'idéal.

Mais, soit pour goûter les vraies jouissances de l'art et ne pas parler en l'air de toutes ces choses, soit pour donner à l'art une part sérieuse dans sa vie, quelques notions confuses, vagues, flottantes dans l'esprit, sans lien entre elles, ne suffisent pas. Il faut y mettre la lumière et l'enchaînement, les rattacher à des principes, avoir en un mot une théorie du beau; et il faut de plus connaître les productions et l'histoire de l'art, c'est-à-dire qu'il faut s'occuper avec suite et sérieusement d'esthétique. Sans cela, on restera toujours dans le médiocre, dans le vain, dans le faux; on ne s'élèvera pas au-dessus de la pratique routinière d'un métier, ou bien d'une connaissance superficielle et sans portée.

Et d'abord, en ce qui concerne l'Esthétique théorique, on ne sera jamais un connaisseur véritable, un homme sachant se rendre compte d'une œuvre d'art, en pénétrer les profondes et délicates beautés, si on est resté étranger aux spéculations élevées qui composent cette première partie de la science esthétique, c'est-à-dire si dans l'étude des œuvres d'art on ne sait pas rattacher les appréciations à des principes; si on n'a pas une théorie de l'art et du beau.

D'un autre côté, qui ne sent combien les idées qu'on se fait, soit confusément, soit par des théories arrêtées, sur les questions relatives à l'art et au beau, dont l'art est la réalisation, peuvent avoir d'influence sur la marche de l'art, et même sur ses progrès ou sa décadence?

Voyez, en effet, où peut conduire une fausse esthétique; car une esthétique, une théorie quelconque du beau, implicite ou explicite, domine toujours les artistes. Supposez que les idées dominantes à une époque soient celles d'une certaine philosophie, de la philosophie sensualiste par exemple, d'après laquelle le beau est confondu avec l'agréable, comme la raison est confondue avec la sensibilité : « Il n'y a plus alors, dit très-bien M. Cousin, de vraie beauté; il n'y a que des beautés relatives et changeantes, des beautés de circonstance, de costume, de mode, et toutes ces beautés auront droit aux mêmes hommages, pourvu qu'elles trouvent des sensibilités auxquelles elles agréent. Et comme il n'y a rien en ce monde, dans l'infinie diversité de nos dispositions, qui ne puisse plaire à quelqu'un, il n'y aura rien qui ne soit beau; ou, pour mieux parler, il n'y aura ni beau, ni laid. » Que s'ensuivrait-il d'une telle conception du beau? L'absence de principes, partout l'arbitraire, c'est-à-dire l'anarchie dans l'art, la décadence inévitable.

Mais il en est autrement, et l'idée du beau est tout à la fois plus positive et plus grande.

Qu'est-ce donc que le Beau, cette splendeur qui rayonne à notre âme plus encore qu'à nos yeux? Et qu'est-ce que l'art, cette chose merveilleuse qui tient tant de place dans la vie des peuples civilisés?

Rien n'est plus difficile à définir que le Beau, parce que nous ne pouvons ici-bas que l'entrevoir; ou plutôt nous ne le définissons pas, et tous les philosophes se sont vainement épuisés à en donner une définition incontestable, qui embrassât tous les objets si multiples et si divers sur lesquels notre âme aperçoit ce rayonnement mystérieux, qui s'appelle la beauté. Platon le définit la splendeur du vrai; saint Augustin voit la beauté dans l'unité, l'ordre et l'harmonie. Mais à toutes ces définitions nous sentons qu'il manque quelque chose, et qu'aucune n'est adéquate à la chose définie. C'est qu'en effet la beauté a sa source et son plein rayonnement en Dieu seul, qui est la beauté suprême. En Dieu réside l'absolue beauté; il est, Lui, le beau absolu, incréé, éternel; et toutes les belles choses ne sont belles que parce qu'il a répandu sur elles un rayon de sa beauté, de même que les choses vraies et bonnes ne le sont que par un reflet de sa vérité et de sa bonté.

Le Beau n'est donc pas une abstraction de notre esprit, il réside réellement dans les choses qui sont belles, et c'est là ce que les maîtres de la science esthétique appellent le Beau *réel*, qu'ils distinguent du Beau *idéal* : distinction importante, d'où suit la notion vraie et la vraie mission de l'art.

Le Beau *réel*, considéré dans la nature créée, c'est la beauté qui est dans les choses, soit physiques, soit intellectuelles, soit morales : car on distingue ce triple ordre de beautés; bien qu'une analyse plus profonde montre que ce qui fait la beauté des choses physiques elles-mêmes, c'est un certain reflet de l'esprit sur la matière, une certaine idée qu'elles expriment, qui est leur lumière, et dont l'expression est précisément leur beauté.

On ne peut contester d'ailleurs ces trois sortes de beautés, physique, intellectuelle et morale. Certes, qui ne sent que la nature est belle? Quelle âme en face de ces splendeurs des cieux, de ces magnifiques élans des montagnes et de l'Océan, en face de cette terre avec ses fleuves, ses forêts, ses riantes prairies, ses fleurs embaumées, tous ses bruits, toutes ses voix, tous ses mélodieux concerts; en face de ces grandes perspectives, de ces lignes harmonieuses, de ces horizons lointains, infinis, qui n'ont pour confins, comme disait Dante, que la lumière et l'amour, quelle âme ne sent au fond d'elle-même la mystérieuse impression de la beauté?

Mais si belle que soit la nature physique, qui ne sent aussi que les choses de l'intelligence surpassent en beauté les choses matérielles? Ne suffit-il pas de considérer le reflet de la pensée sur le visage de l'homme pour sentir que l'homme est le roi de la nature? Non, tous les rayonnements de la matière n'égaleront jamais le rayonnement de l'esprit. Le soleil, si beau qu'il soit, brilla-t-il jamais, comme l'œil de l'homme, des feux du génie?

Cependant, plus haut encore que la beauté intellectuelle, il faut placer la beauté morale, parce qu'elle s'adresse à une puissance de notre être qui resplendit sur le visage humain d'un éclat supérieur à celui de l'intelligence elle-même, parce qu'une belle action nous émeut plus qu'une belle pensée, parce que le rayonnement de la vertu et de l'amour est la suprême dignité, la suprême beauté de notre âme.

N'est-ce pas dans ce sens que Fénelon, parlant des yeux de l'homme illuminés par un noble sentiment, écrivait : « Celui qui les « a faits y a allumé je ne sais quelle flamme céleste, à laquelle rien « ne ressemble dans le reste de la nature. »

Eh bien! l'art aspire à reproduire toutes ces beautés, et à les exprimer sous une forme sensible, soit par la parole, soit par le son, soit, chose plus mystérieuse encore, avec la couleur, ou avec le marbre et la pierre! Et quelque vaste que soit ce domaine de la beauté que nous venons de traverser, l'art va plus loin et plus haut encore, et au delà et au-dessus des choses belles, il aspire à l'idéal.

Qu'est-ce que l'idéal? Le voici :

Toutes les beautés créées sont nécessairement limitées, imparfaites, défectueuses par quelque endroit; nous ne rencontrons point ici-bas une seule chose belle qui le soit parfaitement; mais telle est la corrélation mystérieuse de notre âme avec la beauté qu'aucune beauté imparfaite ne nous suffit, et que notre pensée et notre amour s'élancent immédiatement vers une beauté plus pure, plus achevée, qui n'est pas sous nos yeux, mais que la beauté qui est sous nos yeux fait entrevoir près de là aux regards de notre âme : c'est ce qu'on appelle le *Beau idéal*. Et ce beau idéal n'est pas non plus une chimère, un rêve ne correspondant à aucun objet. Il y a en effet un modèle des choses : toutes choses ont été faites d'après un type, qui est leur perfection relative, et elles sont plus ou moins belles, selon qu'elles participent plus ou moins de l'immatériel et immortel exemplaire. Eh bien ! c'est ce modèle immatériel, idéal, entrevu, aimé, que l'art espère reproduire ; même quand il a un modèle réel sous les yeux, c'est vers cette idée, vers cette lumière, que l'artiste s'élance. C'est ainsi que tous les grands esprits l'ont toujours compris : là est la véritable théorie de l'art.

C'est dans cette pensée que Platon disait : « L'artiste qui, le regard « fixé sur l'être immuable, et se servant d'un pareil modèle, en re- « produit l'idée et la vertu, ne peut manquer d'enfanter un tout d'une « beauté achevée, tandis que celui qui a l'œil fixé sur ce qui passe, « avec ce modèle périssable, ne fera rien de beau. »

Et Cicéron, interprète éloquent de la pensée platonicienne, dans un célèbre passage où il explique la manière de travailler des grands artistes, en rappelant celle de Phidias, c'est-à-dire du maître le plus parfait de l'art antique, dit de même : « Phidias, ce grand artiste, « quand il faisait une statue de Jupiter ou de Minerve, n'avait pas « sous les yeux un modèle particulier dont il s'appliquât à exprimer « la ressemblance : au fond de son âme résidait un certain type ac- « compli de la beauté, sur lequel il tenait ses regards attachés et qui « conduisait son art et sa main. »

Mais cette beauté idéale, que l'art tend à exprimer, et vers laquelle les beautés réelles qu'il a sous les yeux l'élèvent, — de même que la raison s'élève des idées relatives et contingentes aux idées nécessaires et absolues, — où a-t-elle son objet, sa substance? Dans la beauté absolue, de même que les idées nécessaires ont leur substance dans la vérité absolue. Dieu est la substance de toutes les idées, de tous les types, de tous les exemplaires, de toutes les beautés intelligibles, comme il est l'artiste premier et suprême qui a réalisé dans ses œuvres l'idéale beauté. Dieu, et Dieu seul, est donc à la fois le beau réel et le beau idéal ; et Dieu est aussi l'artiste suprême, modèle de tous les artistes. D'où il suit qu'en dernière et sublime analyse, le but de l'art c'est Dieu, comme le modèle de l'artiste, c'est Dieu : et de là la dignité de l'art et le grand devoir de l'artiste. L'art, en aspirant premièrement au beau et à la réalisation du beau, tend donc, par son naturel élan, à nous élever de la terre, et à susciter en nous la pensée et l'amour de la beauté éternelle, dont toutes les choses belles, œuvres de l'art ou de la nature, ne sont que les reflets.

C'est pourquoi M. Cousin, interprète à son tour des grandes traditions platoniciennes sur ce sujet, disait : « L'art est par lui-même essentiellement religieux, car à moins de manquer à sa propre loi, à son propre génie, il exprime partout dans ses œuvres la beauté éternelle... Toute œuvre d'art, quelle que soit sa forme, petite ou grande, figurée, chantée ou parlée, vraiment belle ou sublime, jette l'âme dans une rêverie gracieuse ou sévère, qui élève vers l'infini. L'infini, c'est là le terme commun où l'âme aspire sur les ailes de l'imagination comme de la raison, par le chemin du sublime et du beau, comme par celui du vrai et du bien. L'émotion que produit le beau tourne l'âme de ce côté; c'est cette émotion bienfaisante que l'art procure à l'humanité. »

Voilà pourquoi c'est une si grande chose que l'art, et pourquoi aussi il doit être traité avec gravité et respect, comme une sorte de culte, et avec tout le sérieux qui convient à un culte. Je ne crains pas de le dire : L'art me paraît un intermédiaire entre la terre et le ciel. Je le vois resplendir au-dessus des passions, des vils intérêts, des plaisirs sensuels, et même de cette raison étroite, froide et quelquefois si pleine d'ennui, qui fait le fond et comme l'aspect général de la vie vulgaire. Je le vois portant les hommes dans une région plus haute, où l'on respire un air plus pur, où, si je le puis dire, l'on devient plus âme, c'est-à-dire où se développe plus heureusement en nous cette existence immatérielle, toujours en lutte ici-bas avec la vie grossière et dont la perfection ne se trouve qu'au sein de Dieu.

Les arts me semblent analogues à ces sommets resplendissants « où Dieu paraît plus familier; » qui ne sont pas encore le ciel, mais qui élèvent nos regards au-dessus de la terre et les dirigent vers la sphère des choses éternelles.

On n'exagère donc rien quand on dit que l'art est d'origine divine. L'esprit de Dieu même l'a consacré, dit Fénelon. L'art doit remonter à Dieu comme un hommage. Il doit être aussi pour l'homme le point d'appui d'un élan vers le ciel.

C'est pourquoi je ne fais pas difficulté de dire qu'une vie d'homme, et de femme du monde, dans laquelle l'art ainsi compris aurait une grande part, serait une vie noblement occupée : je ne parle pas seulement des plaisirs délicats, des jouissances exquises qui s'attachent à ces sortes d'études, je parle de la noblesse communiquée à l'esprit, aux sentiments, à l'âme tout entière, par cet amour du beau pour lui-même, où l'âme prend comme des ailes qui la tiennent soulevée au-dessus des passions, des vils intérêts, de toutes les choses qui entraînent vers les sens.

Je voudrais donc plus d'art, plus de sentiment de l'art dans la vie humaine, et cela afin d'y voir moins de vulgarité et de prosaïsme, plus d'élan et de désintéressement. Je le crois fermement, la vertu même trouverait un auxiliaire dans les dispositions élevées que le goût sérieux de l'art met dans une âme; et non-seulement les individus, mais une époque, une société tout entière y gagnerait en élévation intellectuelle et en dignité morale. Oui, occuper agréablement les longues heures d'un homme de loisir par des études délicates, qui, en même temps qu'elles charment, élèvent, ennoblissent, éloignent des trivialités et des bassesses, inclinent aux sentiments généreux, c'est beaucoup sans doute; mais ce n'est pas encore tout ce que pourrait faire le goût des arts cultivés d'un point de vue plus haut encore. Infidèle ou fidèle à sa mission, l'art peut avoir une grande influence sur les mœurs générales d'une époque, et selon la tendance à laquelle il obéit, devenir un instrument puissant de corruption ou de civilisation. Eh bien, je voudrais que les hommes religieux ne fussent pas indifférents à cette influence de l'art; je voudrais que cette puissance, ils cherchassent à s'en emparer pour en prévenir les écarts et la faire servir à l'ennoblissement des âmes, à la religion elle-même. Il y a des hommes, nourris de préjugés, ou accoutumés aux calomnies contre l'Église, qui disent que l'art, comme la pensée, trouvent nécessairement dans le christianisme un ennemi. Le vrai, au contraire, c'est que l'art appartient à la religion. Sa plus haute théorie s'accorde merveilleusement avec l'élévation de nos dogmes; les grands mystères chrétiens sont pour lui une source inépuisable de sublimes inspirations, et il y aurait un bel ouvrage à faire sur les services que la religion a rendus à l'art; mais, par le fait, nos ennemis l'ont tellement altéré, qu'aujourd'hui, tel que beaucoup de gens le comprennent et le pratiquent, il semble incompatible avec la religion et la vertu. Il faut le reconquérir, le purifier, empêcher qu'il n'abaisse les âmes, comme nous voyons trop d'artistes le faire dans ces tristes prostitutions de leur talent, qui parviennent trop souvent à s'introduire, au mépris de la morale publique et en dépit de tous les respects, jusque dans nos expositions. Il faut ramener l'art à Dieu, lui rendre sa place dans le sanctuaire et dans la société chrétienne. C'est un grand but à atteindre, et je verrais là, quant à moi, pour une âme qui en sentirait l'attrait, une vocation digne d'être embrassée avec ardeur.

Certes, je n'ignore pas que l'art, cultivé mollement, sans noble pensée, peut affadir l'âme : mais je parle de toute autre chose. Servir Dieu par le labeur de l'esprit, aller à la vérité par le beau, chercher la place de l'art dans la vie chrétienne et son rôle dans la société moderne, rendre l'art plus religieux, et féconder les âmes sous l'influence de ce rayon devenu plus pur; consacrer sa vie à rapprocher l'art et la religion, mettre un peu plus d'art dans le fond même de la vie humaine, comme un principe d'élévation morale, comme une transition entre le ciel et la terre: oui, un tel emploi de la vie a de quoi tenter une âme faite pour les grandes choses. Sans doute, l'amour de Dieu est au-dessus de tout. Mais je soutiens précisément que l'art, bien compris et religieusement cultivé, aide à l'amour de Dieu, et qu'en même temps l'amour de Dieu féconde l'art : il y a entre l'art et l'amour de Dieu d'intimes et puissantes affinités, et je sais encore aujourd'hui des ces âmes qui, comme le bienheureux Angelico, puisent, dans ce grand amour, des lumières qui rejaillissent sur leur conception de la beauté, et entretiennent en elles la flamme pure de l'enthousiasme.

Je voudrais donc que cette noble culture de l'art, comprise comme un devoir, fût non pas seulement dans le monde artistique, mais dans la société, un moyen de s'élever au dessus des plaisirs grossiers, de faire régner l'esprit sur la matière, d'arracher l'art à la vanité et à la sensualité qui le dépravent, en un mot, de diriger en haut un regard qui du beau monterait jusqu'à Dieu. Je voudrais, en un mot, que l'art devînt fécond pour le bien et pour la vertu, et fût en quelque sorte lui-même une vertu par la consécration de la pureté.

Est-ce un rêve? Quoi qu'il en soit, c'est cette tendance que je voudrais voir donnée aux études esthétiques.

Je dirai plus : il y a des âmes d'une nature d'élite, d'une sensibilité plus exquise, pour qui l'étude religieuse de l'art est particulièrement un besoin, une sorte de vocation et une sauvegarde de la vertu. Car il faut à la fois cultiver et purifier la sensibilité : la sensibilité, élément nécessaire de tous les grands talents et de toutes les grandes vertus. Sentir le beau pour l'exprimer; avoir cette délicatesse d'organe et d'âme qui saisit les linéaments d'une beauté mystérieuse et profonde, quel privilége! De cette sensibilité morale et intellectuelle jaillit l'étincelle du feu sacré, l'enthousiasme. C'est donc un précieux don de Dieu, puisque c'est, en définitive, le grand don de l'amour, source de toute sensibilité. Eh bien, cette sensibilité pour ne pas se dépraver, doit être nourrie et satisfaite. La sensibilité qui manque d'aliments produit des ravages intérieurs, ou prend un cours faux. Rien n'est plus dangereux pour l'âme que d'étouffer un talent, une faculté, ou de les laisser incomplets. L'équilibre d'une nature est dans le degré de maturité et de développement qu'elle est susceptible d'atteindre.

Il faut donc cultiver la sensibilité que Dieu a mise en nous, ce don merveilleux de percevoir le beau; et pour cela il faut exposer souvent son âme aux rayons vivifiants du beau; il faut surtout la préserver des ardeurs fausses qui l'épuisent et de l'orgueil qui la dessèche. Il faut lui faire en quelque sorte un tempérament sain, en ne lui donnant pour aliment que les nobles contemplations et les affections pures; toutes choses qui entretiennent en elle la vie, la vie permanente et non l'émotion passagère.

Oui, l'âme qui a senti en elle cette palpitation du beau qu'on nomme l'enthousiasme, cette puissance d'aimer et d'admirer le beau, qui est comme une flamme dans l'ordre moral; cette âme doit s'efforcer de disputer ce don de Dieu aux désenchantements, aux stérilités, et surtout aux misères et aux souillures de la vie; il faut qu'elle place son idéal sous la garde de la pureté; qu'elle se fasse, je le répète, un tempérament sain, afin que sa sensibilité, d'autant plus développée et plus féconde qu'elle sera mieux réglée, soit en elle le ressort de l'existence intérieure, le principe des longues ardeurs du dévouement, l'inspiration de la foi et de la vertu.

Je ne dis donc pas, Dieu m'en garde : éteignez cette flamme que Dieu a mise en vous, elle pourrait vous dévorer. Non, non; ne mutilez pas, mais gouvernez votre nature : donnez à cette flamme l'aliment qui lui convient, afin qu'elle brûle sans vous consumer, et soit en vous une force de vie. Déployez vos ailes, si Dieu vous a donné des ailes: seulement prenez votre essor en haut, n'allez jamais vous abattre sur d'indignes objets, dans de basses régions. En un mot, cultivez l'art, si vous êtes faits pour l'art, mais l'art sérieux, non l'art frivole, l'art qui élève et purifie, non l'art qui abaisse et corrompt. Et si l'art autour de vous est affadi ou égaré, luttez contre cette profanation, travaillez à le purifier, à le ramener dans sa voie, c'est travailler à une grande chose.

Voilà ce que devrait être pour les âmes chrétiennes et vertueuses la culture de l'art et les études esthétiques.

J'ai parlé de la partie théorique de cette science, j'arrive maintenant à sa partie positive, qui est l'étude des productions et de l'histoire de l'art. Ces deux parties ne peuvent être séparées . elles se soutiennent et s'illuminent l'une l'autre ; l'étude abstraite éclaire l'étude positive, et l'étude positive vérifie l'étude abstraite. En voyant les principes réalisés dans les œuvres d'art, on comprend mieux les principes eux-mêmes, et la connaissance des principes permet de mieux apprécier les œuvres d'art. Rechercher la manifestation et l'expression du beau dans les divers âges et chez les divers peuples, c'est la contre-épreuve de l'esthétique métaphysique.

Je dis qu'il faut faire marcher de front ces deux études; car l'une et l'autre, poursuivie exclusivement, aurait ses dangers : la métaphysique toute seule pourrait jeter l'art dans une conception chimérique et des voies fausses; l'histoire de l'art, cultivée exclusivement, pourrait produire des artistes sans originalité et des critiques sans étendue d'esprit, un art servile ne se plaisant qu'aux formes de telle ou telle époque : ces deux études réunies font la vraie et complète Esthétique, une métaphysique de l'art qui n'a rien de vague, une critique de l'art qui n'a rien d'étroit.

Admirable fécondité de l'art, qui, avec un instrument nécessaire et rebelle, la matière, a une si grande puissance d'expression! Sitôt en effet qu'on descend des considérations générales à des vues plus particulières, on voit l'art, admirable dans sa variété, se diviser, selon ses moyens divers d'exprimer avec la matière l'immatérielle beauté, en plusieurs arts, dont chacun pourrait fournir à l'étude d'une vie entière.

Tous les arts ayant pour but commun l'expression de la beauté, et chacun ayant pour l'exprimer ses moyens, c'est une division très-philosophique des arts que la division fondée sur la distinction même des sens par lesquels la perception de la beauté arrive jusqu'à l'âme; et comme ces sens sont l'ouïe et la vue seulement, de là une division des arts en deux grandes catégories : les arts de l'ouïe, les arts de la vue: d'un côté la musique et la poésie; de l'autre la peinture avec la gravure, la sculpture, l'architecture.

Je n'ai pas à parler ici de la poésie, et ne veux dire qu'un simple mot de la musique. On fait beaucoup de musique dans le monde, mais le plus souvent dans quel but frivole et amollissant! Or, il y a dans une telle pratique d'un tel art un danger à la fois pour les mœurs et pour l'art lui-même. Pour les mœurs : « Une musique efféminée, disait Fénelon, énerve les hommes et rend les âmes voluptueuses. » Pour l'art; car le plus souvent, dans la musique moderne, l'oreille et les doigts sont seuls en jeu; l'âme n'écoute plus; la main devient une sorte de mécanique, et il n'y a plus là qu'une exécution où le talent n'a aucune part. N'y aurait-il donc aucun moyen de faire de la musique elle-même une occupation plus sérieuse, sans lui ôter ses charmes? De la prendre de plus haut? D'y intéresser l'âme plus que les sens? N'y aurait-il aucune étude vraiment grave à faire sur cet art, qui a son histoire, ses grands artistes, et qui fixait autrefois l'attention des esprits les plus éminents? Saint Augustin a écrit sur la musique.

Mais la sculpture, la peinture, l'architecture, à laquelle se rattache l'archéologie, voilà certes des études singulièrement élevées et attachantes. Arts merveilleux auxquels une si grande puissance d'expression a été donnée, et qui disent tant de choses à celui qui en a l'intelligence, mais si peu, il faut l'avouer, à celui pour qui ce monde de l'art est fermé! Or, qui donnera l'intelligence des chefs-d'œuvre de l'art? La science esthétique. Ici, pas plus qu'ailleurs, les dispositions naturelles ne suffisent; autre chose est d'admirer d'instinct et sommairement une œuvre d'art, autre chose d'en pénétrer les beautés, les intentions, les mérites divers, par une sensibilité cultivée et à l'aide de connaissances approfondies.

On dit qu'il vaut mieux produire le beau que philosopher sur le beau, et que les siècles critiques ne sont pas toujours des siècles artistes. Sans doute l'érudition ne saurait suppléer l'inspiration, mais l'étude assidue des chefs-d'œuvre et de l'histoire de l'art sera toujours pour le génie lui-même un puissant auxiliaire : quels rapports d'ailleurs, du plus haut intérêt, cette étude n'a-t-elle point avec les études littéraires, historiques et philosophiques ?

L'art n'est pas isolé dans le monde, et s'il a sa part d'influence sur la civilisation d'un peuple, à son tour il subit le contre-coup des agitations politiques et sociales du milieu où il se produit. Il reflète l'idéal d'une nation, et cet idéal n'est pas arbitraire ; car il représente la nation elle-même, son génie et ses croyances, sa délicatesse ou sa grossièreté, un grand côté de sa culture intellectuelle et morale. Les plus hautes considérations se rattachent ainsi à l'histoire de l'art comme à sa philosophie.

Si l'on compare en effet l'art de l'Égypte et l'art de la Grèce, c'est dans le caractère de ces deux peuples qu'on trouvera la raison des différences profondes qui les distinguent. Si l'on met en parallèle l'art païen qui est le triomphe de la forme, et l'art chrétien qui est le triomphe de l'idée, le Parthénon bâti dans une conception limitée de la divinité, et une cathédrale gothique, conçue dans l'idée et sous l'impression de l'infini, ce ne sont pas seulement des arts divers, mais des croyances différentes que l'on a en présence.

L'art chrétien tout seul, dans l'une ou l'autre de ses trois grandes branches, la peinture, la sculpture, l'architecture, quel incomparable sujet de grandes et belles études, surtout pour un homme de loisir et de fortune, qui peut voyager, et voir de ses yeux les chefs-d'œuvre sur place, et pas seulement dans les livres ! Car, c'est un autre attrait de ces études qu'elles se mêlent agréablement aux voyages, et leur donnent un immense intérêt, que ne soupçonne même pas le voyageur peu versé dans les arts. De deux hommes qui visitent ensemble à Florence, la galerie des Offices ou du palais Pitti, quel est celui qui jouira le plus ? N'est-ce pas celui qui verra et saura comprendre, tandis que l'autre aura des yeux pour voir, et ne verra pas ? L'étrangeté du touriste anglais, ancien commerçant enrichi, dans les divers musées de l'Europe, est proverbiale : mais, s'il faut le dire, combien de Français sont un peu Anglais par ce côté-là ! Ici, en vérité, nous devons nous accuser sévèrement nous-mêmes. Nous avons dans l'art chrétien des trésors incomparables, tout un monde de chefs-d'œuvre, de ravissantes créations, d'idéales et suaves figures ; des temples tout remplis de la divinité ; et tout cela à nous, inspiration de notre foi, trésors du génie chrétien : et combien de temps tout cela a-t-il été pour nous lettre close, monde inconnu, terre étrangère ! A présent même que tant de récents travaux ont réhabilité, expliqué, commenté l'art chrétien, combien parmi nous, j'entends parmi les hommes instruits, cultivés, ne savent rien ou presque rien de cet art, ignorent son histoire, les écoles diverses de nos peintres, les différentes époques de notre architecture religieuse, les notions les plus élémentaires de notre archéologie ! L'archéologie seule, quelle admirable étude à faire, même quand on ne s'en tiendrait qu'à la France ! Et l'on ne sait que faire de son temps dans le monde, et l'on ne se donne pas la peine, je me trompe, le noble plaisir de s'attacher à quelqu'une de ces belles et grandes études, qui ont tant de charmes qu'une fois commencées on les poursuit avec une sorte de passion ! Ceux qui se sont occupés d'art chrétien, d'archéologie chrétienne, ne me démentiront pas ici, si j'affirme qu'on se passionne véritablement à de telles études. Je demande donc pourquoi un jeune homme, un homme du monde, une femme même, ne s'occuperaient pas d'une science, d'un aspect peu sévère assurément, et d'un intérêt si manifeste, telle qu'est l'Esthétique, ce complément, je dirais presque indispensable des belles études philosophiques, historiques et littéraires.

Mais là encore, comme partout, ce n'est pas d'une étude capricieuse, superficielle et légère, sans suite ni méthode, commencée aujourd'hui, interrompue demain, qu'on peut espérer des fruits véritables, mais d'une étude régulière, sérieuse, persévérante, et faite dans la double direction que j'ai indiquée ici : une étude théorique, une philosophie du beau ; puis l'histoire de l'art et l'étude des chefs-d'œuvre. Voici, dans ces deux ordres d'études, quelques-uns des meilleurs auteurs qu'on peut consulter :

Dans l'antiquité, c'est Platon et saint Augustin qui se sont élevés à la conception la plus philosophique et la plus haute du beau et de l'art.

Chez les modernes, entre les ouvrages les plus utiles à étudier sur l'Esthétique en général ; je citerai le *Traité du Beau* du P. André, au dix-septième siècle ; le livre de Burke sur *le Beau et le Sublime ;* dans l'ouvrage de M. Cousin, *du Vrai, du Beau et du Bien*, plusieurs leçons très-belles sur les arts. Je conseille encore le récent ouvrage *sur le Beau*, de M. Charles Lévêque, couronné par l'Institut ; le volume *sur l'Art*, dans les œuvres complètes de M. de Montalembert ; j'indiquerai même quelques chapitres des *Menus propos* de Töppfer.

Parmi les auteurs qui ont étudié plus à fond l'Esthétique et l'histoire de l'art, il faut lire le grand ouvrage de M. Rio sur l'*Art chrétien*, et M. Vitet, *Études sur les Beaux-Arts*.

Pour l'archéologie chrétienne, il y a, à la portée de tout le monde, les ouvrages de M. de Caumont ; le *Dictionnaire archéologique* de M. Viollet-Leduc ; *les Cathédrales de France*, de M. l'abbé Bourrassé ; pour l'Iconographie, de beaux et savants ouvrages sont ceux de MM. Visconti, Orsini et Didron.

# VII

## LES SCIENCES.

Dans l'espèce de revue que je fais ici des études possibles pour un homme du monde, et dans l'exposé que je présente des motifs qui invitent à telle ou telle de ces études, selon le goût et l'aptitude de chacun, comment pourrais-je oublier les sciences, et les grands motifs qui recommandent, aujourd'hui surtout, l'étude des sciences?

Certes, je ne tiens pas en estime si exagérée les belles-lettres, que je ne voie rien au delà, et que je ne conçoive aucune culture d'esprit en dehors d'elles.

Et je combats d'ailleurs ici des habitudes si funestes, un découragement si répandu, une abdication d'esprit si lamentable, que ce n'est pas trop de tous les grands aiguillons pour réveiller cette apathie intellectuelle, et faire comprendre aux personnes à qui je m'adresse l'impérieux devoir, pour tout homme et pour tout chrétien, de cultiver en soi le don de Dieu, et de rendre à son créateur *les talents* que l'on a reçus de lui.

Eh bien, l'étude des sciences est encore un de ces grands aiguillons : et, incontestablement, l'étude d'une science quelconque, même dans la limite où un homme du monde peut s'y livrer, suffirait pour occuper utilement une vie. Quelques considérations sur l'objet, la méthode, et les applications des sciences mettront ma pensée dans tout son jour.

Je professe, je l'avoue, une grande admiration pour les sciences et pour les merveilleux progrès que la méthode moderne leur permet tous les jours de réaliser.

J'admire dans les saintes Écritures, que, parmi tous les noms que Dieu se donne, il se soit appelé le Dieu des sciences ; *Deus scientiarum dominus*.

Et je vois aussi dans les saintes Lettres, à quel point la science est pour l'homme dans l'ordre de la Providence, qui, en nous jetant avec nos facultés et nos besoins au milieu de cette riche création pleine de secrets et de mystères, a livré ce monde et ses merveilles à nos investigations et à nos conquêtes : *mundum tradidit disputationi eorum*.

Au fond, à le bien prendre, l'*objet* des sciences, c'est-à-dire la création, le vaste univers, n'est-ce pas l'œuvre de Dieu? C'est pourquoi chacune d'elles fait toucher à l'infini, est pour ainsi dire infinie elle-même dans ses détails. Je le demande : comment les merveilles de l'indéfiniment grand, sous le télescope, de l'indéfiniment petit, sous le microscope, n'élèveraient-elles pas notre pensée vers le véritable infini?

Comment la vue continuelle de l'ordre, de l'unité dans cette immense variété, dans le développement de toute la vie de la nature, de la tendance sensible vers le but, n'élèveraient-elles pas l'esprit à la méditation et à l'adoration de l'Être unique, et sage et bon, qui est à la fois cause première et cause finale des êtres?

Et en même temps que la science a, comme l'art, comme la philosophie, cette tendance élevée, quelles merveilles ne dévoile-t-elle pas au regard qui en pénètre les secrets? Voyez, par exemple, la botanique, la chimie, l'astronomie, ou quelque science que vous voudrez : on peut dire que non-seulement la vie d'un homme, mais la vie même des générations ne suffira jamais à en épuiser une seule; jamais, selon le mot profond de Pascal, nous ne connaîtrons *le tout de rien*. Donc, quel champ vaste, indéfini, immense, ouvert à la pensée, au travail, soit qu'on veuille étudier l'ensemble des sciences, soit même qu'on se borne, pour mieux l'approfondir, à une seule!

Maintenant, si nous regardons par un autre côté et au point de vue de l'utilité pratique, ces sciences que Dieu a faites si grandes et si belles : si nous considérons les avantages qui découlent, soit pour l'esprit, de leur étude théorique, soit pour la vie, de leurs applications variées, nous trouverons que sous ce double aspect encore, elles se présentent à nous comme une des plus utiles et des plus fécondes puissances que Dieu ait remises aux mains de l'homme.

Et d'abord, *quant aux méthodes scientifiques*, qui ne voit de quel secours elles sont pour la discipline et l'éducation de l'esprit, et quelles précieuses qualités elles développent?

Le bon sens d'abord, la rectitude du jugement qu'il faut mettre en première ligne, au-dessus du talent lui-même, parce que c'est la règle du talent : le jugement, le bon sens, que Bossuet appelle le maître de la vie humaine. Je ne doute pas que la méthode sévère des sciences, surtout des sciences mathématiques, instrument de toutes les autres, la précision des calculs, l'exactitude des démonstrations, n'accoutument d'une certaine manière l'esprit à être net et positif, à raisonner juste, à conclure avec rigueur. Le sophisme n'a guère de place dans les sciences positives, ou s'il parvient à s'y glisser furtivement, il ne tarde pas à en être chassé ; les raisonnements simplement spécieux ne tiennent guère et ne peuvent longtemps tromper ; l'hypothèse n'est jamais admise que comme telle, et les fantaisies de l'imagination sont comptées pour ce qu'elles valent.

De plus la série des démonstrations nécessaires pour arriver à la solution des problèmes quelque peu compliqués, oblige à une application et à des efforts qui ne peuvent que donner de la vigueur à l'esprit. Sous ce rapport la géométrie est admirable : tout entière déduite de quelques axiomes évidents, elle est un merveilleux exemple tout à la fois de la fécondité des principes et de ce qu'en peut tirer la sagacité, la pénétration, l'application obstinée à les considérer sous tous leurs aspects, à les fouiller dans tous les sens.

Enfin la nature même de ces opérations abstraites dégage des conceptions matérielles, élève dans la région des idées pures, donne à l'esprit du délié, de la souplesse, de la pénétration : pénétration et solidité, précision et justesse, voilà incontestablement les avantages généraux, immédiats, considérables de l'éducation scientifique.

Si nous examinons *l'application des sciences aux choses de la vie*, comment n'être pas frappé de l'étonnante fécondité dont Dieu les a dotées pour notre service ? C'est le caractère propre de toutes les sciences naturelles, que les théories même les plus abstraites peuvent aboutir aux applications les plus inattendues et les plus utiles. De nos jours, comme on l'a si bien dit, ce n'est pas le hasard qui donne à l'industrie ses plus lucratives inventions ; c'est la science. Tout commence par la science. C'est l'analyse mathématique, qui découvrant la loi de l'attraction et dressant les tables du soleil et de la lune, a calculé et annoncé les marées, étendu le domaine de la géographie et assuré la navigation. C'est en étudiant l'électricité, chose qui ne semblait guère susceptible d'aucune application, que la science a trouvé le paratonnerre et le télégraphe. Car il y a cela d'admirable dans la science ; ce qui hier n'était qu'une découverte scientifique, devient aujourd'hui une application utile ; si bien que la science en continuant sa marche vers les vérités spéculatives, sans paraître s'occuper de leur emploi, crée les plus utiles inventions, et qu'elle donne l'utile à la société à chaque pas qu'elle fait vers le vrai, ou vers le beau.

Qui n'est frappé de tout ce que notre siècle a réalisé de progrès en ce genre, et qui pourrait assigner les limites où la science moderne s'arrêtera ? Les espérances nous sont ici permises sans orgueil ; car une découverte amène une autre découverte, un progrès est le point de départ d'un progrès nouveau. La science sert l'industrie, l'industrie à son tour aide la science, et toutes les sciences se poussent, s'élèvent mutuellement les unes les autres. On peut croire qu'il y a ici pour les sciences, une fois lancées dans la voie du progrès, une loi analogue à la loi physique qui emporte les corps avec une vitesse accélérée. Or rien ne me paraît plus beau que cette action et cette réaction de la science sur l'industrie, et de l'industrie sur la science, et ce spectacle de toutes les sciences en travail pour donner à la vie des inventions utiles, et se poussant toutes ensemble par leurs progrès mutuels vers des progrès nouveaux.

Certes je suis loin de penser que le progrès matériel soit tout pour les sociétés humaines, et que ce genre de progrès soit incompatible avec une profonde décadence morale ; jamais la matière ne l'emportera sur l'esprit ; non, les jouissances du bien-être ne remplaceront jamais les vertus sociales, et toujours, malgré nos machines et toutes nos inventions, Dieu aura en main quelque moyen inattendu et foudroyant de nous rappeler son souverain domaine sur la nature et notre absolue dépendance.

Mais quelle nécessité y a-t-il de tourner contre nous-mêmes et contre Dieu les bienfaits de la science, et pourquoi abuser des puissances remises par la Providence entre nos mains ? N'en doutons pas : Dieu ne fait rien d'inutile, et puisqu'il a donné à la science cette fécondité, et à l'esprit humain cette force, il est conforme aux desseins de Dieu que nous demandions à la science tout ce qu'elle peut fournir à nos besoins ou à nos jouissances légitimes, et que nous poussions dans tous les sens, aussi loin que nous le pourrons, nos conquêtes sur la nature.

En outre, et dans les conditions terrestres de l'homme, esprit et matière à la fois, telle est la correspondance intime établie par le créateur entre l'ordre physique et l'ordre moral, que les progrès réalisés par l'homme dans l'une de ces deux sphères font sentir inévitablement leur contre-coup dans l'autre.

Ce n'est pas seulement la vie matérielle, comme on pourrait le croire, c'est la civilisation à tous ses degrés qui est profondément modifiée, et placée dans des conditions nouvelles par les applications infinies de la science moderne : je ne vois pas dans toutes les branches de l'activité humaine, dans toutes les sphères de la vie sociale, un seul point où, d'une façon ou d'une autre, la science n'étende son influence. De nouveaux secrets sont chaque jour arrachés à la nature : les distances sont supprimées, les éléments domptés, les communications accélérées, les moyens d'action multipliés à un degré incalculable : la parole a presque acquis la rapidité de la pensée : on se parle instantanément d'une capitale à l'autre, d'un continent à l'autre, à travers les mers : qui ne voit que non-seulement le commerce, l'industrie, l'agriculture, les arts, mais encore la médecine, la navigation, la guerre, la politique, les idées, la religion, les mœurs, tout en un mot, par un côté ou par l'autre, est atteint par ce vaste mouvement de découvertes et d'applications sientifiques qui va grandissant toujours, et puise chaque jour dans son développement acquis de nouveaux développements : *vires acquirit eundo ?*

Telle est de nos jours l'importance incontestable et l'universelle influence des études scientifiques. Eh bien, tout cela, je l'admire en le constatant ; oui, j'admire ces puissances nouvelles remises aux mains de l'humanité par la science, et sans m'arrêter aux alarmes des esprits timides et défiants qui s'en effrayent, il me suffit que ces forces nouvelles puissent être employées au bien, et consacrées au progrès véritable des âmes, pour que je dise : Il y a là, dans l'étonnante fécondité et l'universelle influence des sciences humaines, une grande loi providentielle ; là, comme partout, l'homme, le chrétien, au lieu d'abdiquer la force dont il dispose, a le grand devoir de la tourner vers le but imposé par Dieu : et j'ai assez de confiance dans l'Humanité, et dans la vertu du bien, pour croire qu'il en sera ainsi de la science moderne : les hommes qui veulent la précipiter dans l'athéisme ne prévaudront pas ; et puisqu'elle peut servir, j'ai l'espoir qu'elle servira au triomphe de la vraie civilisation, au progrès moral, à la diffusion de la vérité, au triomphe de l'Église. Peut-être la cupidité croîtra avec les moyens de la satisfaire ; mais pourquoi le dévouement ne croîtrait-il pas aussi avec les moyens de servir la justice ? Si les idées subversives peuvent être propagées plus rapidement, pourquoi les saines doctrines ne se répandraient-elles pas avec plus d'ardeur encore ? Et par les chemins ouverts aux marchands et aux conquérants, pourquoi les apôtres ne passeraient-ils pas les premiers, portant à tous les peuples la bonne nouvelle de l'Évangile ? Non, il n'y a aucune raison de s'alarmer, il n'y a qu'un devoir de plus imposé à l'humanité en général, et aux chrétiens de nos jours en particulier. Je déplorerais, pour ma part, qu'on crût les fils de l'Église, je ne dis pas hostiles, mais simplement indifférents et étrangers aux progrès de la science et de l'industrie modernes. Je dis plus : ils devraient être à la tête de ce mouvement, pour le diriger, et le faire servir à la diffusion et à l'exaltation du règne de Dieu sur la terre. Et le clergé, là comme ailleurs, je le dis avec une conviction profonde, devrait marcher en avant. Et j'ai été heureux de voir un laïque aussi intelligent des besoins de son temps, que dévoué aux intérêts de l'Église, démontrer dans le congrès de Malines, aux applaudissements de 4,000 catholiques, combien les progrès de l'industrie et des sciences peuvent être l'honneur de la religion, et s'harmoniser avec l'esprit chrétien et le sens le plus élevé de nos dogmes.

Quoiqu'il en soit, devant ce grand développement de la science moderne, qui pourrait méconnaître l'importance nouvelle qu'ont prise les sciences, et la part légitime qu'il faut leur faire dans l'organisation de l'enseignement public ? Je n'ai pas applaudi à la bifurcation : je ne l'ai pas jugée propre à résoudre le problème qui se posait : Mais je n'en tiens pas moins l'étude des sciences pour une grande et belle étude, infiniment avantageuse quand elle a lieu dans des conditions convenables, et qu'on ne lui sacrifie pas ce qui, dans l'éducation, ne peut pas lui être sacrifié, l'étude des lettres. Et pour en revenir à l'objet propre de cet écrit, je ne saurais trop applaudir à un homme du monde, qui consacrerait ses loisirs à la culture sérieuse et suivie d'une science quelconque : seulement je me permettrais de lui conseiller d'y mêler quelque étude littéraire, de même que je conseille aux hommes qui font des lettres leur occupation principale, de ne pas rester étrangers aux sciences, de se tenir pour le moins au courant de leurs progrès, par la lecture de quelques bons livres.

Alterius sic
Altera poscit opem res et conjurat amice.

Il me paraît superflu de tracer ici des méthodes et d'indiquer des auteurs, surtout pour les mathématiques. Mais aux hommes du monde, désireux de s'introduire dans la connaissance des sciences naturelles, je dirai : prenez simplement deux petits volumes de M. Flourens, si haut placé lui-même dans les lettres comme dans les sciences, l'un ayant pour titre : *Histoire des travaux et des idées de Buffon;* l'autre, *Analyse raisonnée des travaux de F. Cuvier*. Je n'en demande pas plus pour vous ouvrir les grands horizons de la science, et vous inspirer le désir d'y pénétrer autant que vous le permettront vos loisirs.

Voilà ce que M. Flourens dit lui-même des grands travaux dont il a écrit l'histoire : « Les grands travaux de ces deux grands hommes lient deux siècles; les prévisions de l'un deviennent les découvertes de l'autre. Et quelles découvertes! Les âges du monde marqués; la succession des êtres prouvée; les temps antiques restitués; les populations éteintes du globe rendues à notre imagination étonnée. Les travaux de Buffon et de Cuvier sont, pour l'esprit humain, la date d'une grandeur nouvelle. »

# VIII

## ÉTUDE DE L'AGRICULTURE

Ce titre étonnera peut-être quelques personnes. On dira : Mais quelle place peut occuper l'agriculture dans *les études qui conviennent aux loisirs d'un homme du monde?* L'agriculture n'est pas une étude. Ce n'est qu'un travail.

A cela, j'ai deux choses à répondre : 1° que ce travail est une grande, noble et féconde occupation, qui vaut mieux, certes, que l'oisiveté et la nullité où la plupart de ceux à qui je m'adresse passent leur vie. Avant tout, c'est là ce que je veux combattre : le rien faire. 2° Ce que je demande, ce n'est pas de mettre soi-même la main à la bêche ou à la charrue, et de travailler huit heures par jour, en sarreau et en sabots, dans un champ ; c'est de se connaître en agriculture et de s'en occuper sérieusement, de diriger, surveiller, encourager ses travailleurs; savoir au besoin mettre soi-même la main à l'ouvrage, et, si on veut faire de l'agriculture à un point de vue plus élevé, de s'occuper aussi des études qui se rattachent à cet art, lequel peut être aussi une science, et de la sorte, cultiver son âme en cultivant ses terres

J'ai eu occasion une fois dans ma vie de dire ma pensée sur l'agriculture, et au juste éloge que j'en ai fait de mêler quelques conseils qui pourraient encore n'être pas inutiles à un grand nombre d'hommes de notre temps. Je demande la permission de mettre de nouveau sous les yeux de mes lecteurs quelques-unes de mes paroles, de répondre d'abord à certains dédains aussi déraisonnables qu'immérités, et de replacer l'agriculture dans l'honneur et l'estime qui lui sont dus.

« Si j'ouvre, en effet, les antiques archives du genre humain, à la première page, avant la chute originelle, au temps même de la primitive innocence, je trouve déjà l'agriculture. Dans le séjour bienheureux de l'antique Éden, l'homme innocent dut travailler, et travailla la terre : *Posuit in paradiso voluptatis, ut operaretur eum.* (*Gen.*, 2.) Ainsi, le travail, avant d'être un châtiment, fut pour l'homme une loi, une condition de son bonheur, de sa dignité, de son existence, un noble et nécessaire emploi de ses facultés et de ses forces.

« *L'homme*, comme le disait autrefois Job, cet illustre pasteur et agriculteur de l'Idumée, *l'homme est né pour travailler comme l'oiseau pour voler.* Et quel fut le premier travail donné par Dieu à l'homme? Le travail des champs. Et, chose digne d'être remarquée, chez les peuples païens eux-mêmes, comme par un souvenir des traditions primitives, une origine divine était pareillement attribuée à l'agriculture : on pensait que l'art qui nourrit les hommes venait du ciel, et qu'un Dieu lui-même avait dû l'enseigner à la terre.

« Aussi, ce n'est pas seulement chez les Hébreux que l'art le plus honoré, le premier des arts, était l'agriculture ; ce ne sont pas seulement les premiers fils d'Adam qui furent agriculteurs et pasteurs ; ni les patriarches, ces hommes si simples et si grands qui vivaient sous la tente, au milieu des troupeaux et des champs : ouvrons les histoires profanes ; les plus anciens et les plus grands peuples, les Chaldéens, les Égyptiens, les vieux Romains, qu'étaient-ils? Des peuples guerriers et laboureurs...

« Telle fut l'estime que fit de l'agriculture la sage antiquité ! Et, certes, l'antiquité avait raison de penser ainsi de l'agriculture ; car l'agriculture est le fondement même de la vie humaine : l'agriculture est la nourricière du genre humain. Si donc la véritable grandeur, si la réelle noblesse, c'est de servir à quelque chose ici-bas, c'est d'être utile, qu'y a-t-il de plus noble et de plus grand?

« Je sais jusqu'à quel point l'industrie et le commerce nous intéressent : l'industrie, qui pénètre les entrailles de la terre, s'empare des forces de la nature et les assujettit au service de l'homme, qui lui soumet l'eau, le fer, le feu, la vapeur, qui lui fait des tissus, des vêtements, des habitations, des voies rapides, qui le protége, le défend et l'enrichit de toutes manières ; le commerce, qui rapproche les peuples, leur permet d'échanger leurs biens mutuels, et fait profiter chacun des richesses de tous ; le commerce par qui l'ancien monde tend la main au nouveau, et le nouveau envoie à l'ancien ses trésors ; le commerce, par qui la bonne foi, l'équité, la franchise, la justice sévère, l'économie, le travail et toutes les vertus fortes et secourables peuvent et doivent s'entretenir parmi les hommes.

« Je sais tout cela, mais enfin ce n'est pas l'industrie, ni le commerce, c'est l'agriculture qui ravit au sol la séve de vie renfermée dans son sein ; c'est à elle que l'homme doit ce que les saints livres appellent admirablement *robur panis*, la force du pain, et puis la joie de l'huile, *oleum lætitiæ*, et cette autre liqueur, dont l'Écriture n'a pas craint de dire qu'elle est faite pour réjouir le cœur de l'homme, *vinum lætificans cor hominis.*

« Le pain, le vin, la vie, eh bien ! c'est à la forte et austère agriculture que nous les devons ; c'est par elle que Dieu nourrit l'humanité.

« Et voilà pourquoi on n'a jamais pu, dans aucune langue, à aucune époque, quel qu'ait été l'abaissement des esprits, — car il y a des temps où les esprits s'abaissent, et aussi les cœurs, — on n'a jamais pu avilir rien de ce qui touche et sert à l'agriculture ; la bêche, la charrue, la herse, la faucille, tous les instruments du labourage, seront toujours des noms respectés dans toutes les langues, fidèles interprètes des vrais sentiments de l'humanité. La philosophie, l'histoire, la poésie même les rediront toujours avec honneur. »

Ces choses ne sont pas inutiles à redire dans une époque comme la nôtre, où certains préjuges sont encore si puissants, où la dignité est souvent si mal comprise, où certains esprits légers et vains, ignorants de leur temps comme de leurs devoirs, ne sentent pas assez que la noblesse et l'honorabilité qui entourent encore un nom, ne confèrent à personne le droit d'avoir d'insensés dédains pour les choses dignes de respect ; où, pour le dire en un mot, il y a encore des gens qui croiraient s'abaisser s'ils s'occupaient d'agriculture.

Certes, Fénelon n'était pas dans ces pensées quand il écrivait pour les femmes de haute naissance ce que beaucoup d'hommes aujourd'hui feraient bien de méditer : « La plupart négligent l'économie comme un emploi bas, qui ne convient qu'à des paysans et à des fermiers. Surtout les personnes nourries dans l'abondance et la mollesse sont indolentes et dédaigneuses pour tout ce détail. Elles ne font pas grande différence entre la vie champêtre et celle des sauvages du Canada. Si vous leur parlez de vente de blé, de culture des terres, des différentes natures de revenus, de la levée des rentes, de la meilleure manière de faire des fermes, elles croient que vous voulez les réduire à des occupations indignes d'elles. » Et Fénelon ajoutait : « Après tout, la solidité de l'esprit consiste à vouloir s'instruire exactement de la manière dont se font les choses qui sont le fondement de la vie humaine. Toutes les grandes affaires roulent là-dessus. La force et le bonheur d'un État consistent non à avoir beaucoup de provinces mal cultivées, mais à tirer de la terre qu'on possède tout ce qu'il faut pour nourrir aisément un peuple nombreux. »

Qu'on l'entende donc bien : il n'y a personne, si grand seigneur qu'il puisse être, qui doive craindre de se rabaisser en s'occupant d'un labeur aussi noble que celui de l'agriculture, et j'ajoute d'une importance sociale si grande, au point de vue des mœurs comme au point de vue de la richesse nationale.

« La société doit à l'agriculture, ce qui n'est pas moins nécessaire à un peuple que le pain matériel et la richesse, des mœurs tempérantes, des vertus fortes et viriles, des races robustes. L'ordre, l'économie, l'activité, la prévoyance, la persévérance, sont nécessaires aux travaux des champs. Les rudes labeurs de la culture imposent une vie sobre et réglée, endurcissent aux fatigues et trempent les caractères en fortifiant les corps. De tout temps, on a remarqué ces vertus de la race agricole : ses mœurs plus pures, *casta pudicitiam servat domus*, comme disait admirablement Virgile ; sa patience infatigable aux travaux, *patiens operum;* sa frugalité modeste, *parvoque assueta juventus;* son ferme bon sens et sa loyale équité, malgré les finesses dont nous nous plaignons quelquefois, *extrema per illos justitia, excedens terris, vestigia fecit;* enfin son esprit religieux. C'est pourquoi un auteur ancien, Columelle, qui a beaucoup écrit sur l'agriculture, disait : « La vie des champs est voisine, sans aucun doute, sinon parente de la sagesse : *Vita rustica, sine dubitatione, proxima et quasi consanguinea sapientiæ est.* » Et le vieux Caton disait aussi : « C'est parmi les cultivateurs que naissent les meilleurs citoyens et les meilleurs soldats. »

« Le travail des champs est essentiellement moralisateur. Cette lutte contre la rude nature, avec ses fatigues et ses périls, a pour nécessaires auxiliaires les plus mâles vertus. Interrogez l'expérience ou la science, l'économie politique ou la bonne routine du village : elles vous disent, avec la religion, que la terre ne vaut que par l'homme, et que l'homme ne vaut que par son âme : intelligence, vertu, instruction, piété, du berger au fermier, du laboureur au propriétaire, voilà le premier capital et le fonds indispensable.

« Ce n'est pas tout : notre époque, on le sait, est profondément tourmentée : eh bien, l'agriculture est une solution large, pratique et pacifique de la plupart des redoutables problèmes qui agitent notre temps.

« L'agriculture est ennemie des troubles publics, non-seulement par son intérêt, mais par sa constitution même ; elle occupe l'homme loin des villes, loin des théories perversives et des dangereuses utopies, elle ne le sépare point de sa famille, ni d'aucune des affections et des biens qui lui sont bons et chers ; elle ne l'éloigne que de ce qui est pernicieux à lui-même et à l'État. On s'effraye depuis quelque temps de l'émigration croissante des campagnes vers les villes ; on y entrevoit avec raison plus d'un péril pour la fortune agricole et pour l'état moral du pays : eh bien, seule de nos jours, l'agriculture ralentit du moins ce mouvement et combat les périls, créés ici par la surabondance, là par le dépérissement... »

Maintenant, au point de vue plus directement religieux et chrétien, qui n'a remarqué que le Sauveur tire sans cesse ses enseignements, ses images, ses paraboles, des choses de la campagne et des travaux mêmes de l'agriculture? « Il se compare lui-même à la vigne, et non aux branches. Il n'est pas seulement le semeur céleste, il est la semence, il est la tige, il est la sève féconde. Les apôtres de l'Évangile sont les ouvriers de la vigne du Seigneur : l'Église, c'est un grain de sénevé qui croît et devient un grand arbre. La tâche échue à chacun dans la vie, c'est une journée de travailleur ; la récompense après la vie, c'est le salaire après le travail du jour : ce monde où les méchants sont mêlés aux bons, c'est un champ où l'ivraie croît avec le bon grain; le juge suprême qui fait l'éternelle séparation, c'est le laboureur qui vanne son blé dans son aire, recueille le froment dans ses greniers, et jette la paille au feu. L'homme inutile dans la vie, c'est le figuier stérile ; il est maudit. « Je vous ai posés, nous dit le Sauveur, « pour que vous alliez et que vous portiez des fruits. » Comme c'est l'usage de l'homme des champs, il emprunte des pronostics aux vents, au soleil, et lit dans le ciel les signes du temps : il demande aux oiseaux, aux lis des campagnes, de nous parler de la Providence ; il nomme, comme image des vertus et des vices, les boucs et les brebis, les serpents et les colombes, les loups et les renards, et jusqu'à cette race immonde, mais utile, qu'on a heureusement perfectionnée, sans pouvoir néanmoins ennoblir son nom, pas plus que les penchants grossiers dont elle est le triste et expressif symbole : il parle de la métairie et du fermage, des bonnes et mauvaises terres, des bons et mauvais serviteurs, de l'économe infidèle. Il n'est pas jusqu'à la basse-cour des demeures rustiques et à ses plus humbles habitants qui ne lui fournissent d'aimables symboles : « Comme la « poule, dit-il, rassemble ses petits sous ses ailes, combien de fois « n'ai-je pas voulu vous ramener près de moi, et vous ne l'avez pas « voulu ? »

« Y a-t-il d'ailleurs, je le demande, un travail qui soit plus dans la dépendance immédiate de Dieu, et où l'impuissance personnelle de l'homme soit plus évidente? Que faut-il quelquefois pour détruire le travail et les espérances de toute une année? Fénelon le disait autrefois aux laboureurs des Flandres : « Une nuit froide, un orage, un rayon « de soleil après un brouillard, c'est assez ; » telle est l'agriculture. Ah ! dans les villes, au milieu des travaux de l'homme, des merveilles de son industrie et de ses arts, je conçois qu'on se laisse étourdir par le bruit des machines, et que la main de l'ouvrier mortel dérobe aux regards celle de l'ouvrier divin! Mais l'agriculteur, dans la solitude active et le silence animé de ses travaux, rencontrant Dieu à chaque pas, ne saurait pour ainsi dire penser qu'à lui : la sérénité du jour et le nuage, la sécheresse et la pluie le conduisent aussi naturellement à la prière, que s'en détourne facilement le travailleur asservi et surmené de nos grands foyers, on serait tenté de dire, de nos dévorantes fournaises industrielles. Aussi, l'industrie a des dates, l'agriculture n'en a pas, elle est contemporaine de la création. Que dis-je? elle a été créée par le Très-Haut lui-même : *Rusticationem creatam ab Altissimo*.

« Ainsi, par le travail des bras, par les vertus du cœur, par la prière de l'âme, viendront s'asseoir sous le toit du cultivateur, qu'il soit riche, qu'il soit pauvre, la paix, la joie, la forte santé, la calme conscience, le tranquille bonheur, les douceurs de la famille, la simple sagesse, le *mens sana in corpore sano*, c'est-à-dire les plus précieuses bénédictions de Dieu : tous ces biens, qui sont l'apanage et la récompense du cultivateur honnête, l'honneur pur de sa modeste et noble profession, et qu'il sera heureux et fier de transmettre à ses enfants comme un glorieux héritage. Ah! que les cultivateurs, qui ont compris la dignité de leur état, ne rêvent donc pas pour leurs enfants, rêve sitôt suivi de déceptions cruelles, une autre condition, un autre bonheur! qu'ils se gardent de jeter imprudemment leurs fils et leurs filles à la corruption des villes! Mais leur mettant de bonne heure à la main la bêche, la charrue, la faucille, tous ces nobles instruments de la fécondité de la terre, de la légitime indépendance, et du bonheur de l'homme, qu'ils soient fiers de leur dire : Je vous laisse ce que m'ont laissé mes pères : l'air natal, le toit, le champ, le travail, des goûts simples, l'amour de Dieu, et la paix du cœur! Précieux patrimoine, puisse-t-il être gardé! Puissent les enfants comme les pères continuer à manier la bêche, la charrue, la faucille, à travailler au champs, sous le ciel, sous le soleil, respirant à pleine poitrine l'air vivifiant et la lumière, face à face avec les merveilles de la nature et les beautés de Dieu! Ah! oui, cela vaut bien, pour la santé de l'âme et du corps, les rues étroites des citées, les fumées de l'usine, l'air étouffant des ateliers. »

Mais un grand malheur aussi, que je déplore, pour ma part, presque à l'égal de l'émigration des campagnes vers les villes, c'est l'absence des grands propriétaires, qui ne résident pas dans leurs terres, ou, n'y faisant que de rares apparitions, n'y exercent point l'heureuse action qu'ils pourraient y exercer, et abandonnent les paysans à eux-mêmes, ou à l'influence souvent désastreuse de la petite ville voisine. C'est pourquoi je disais, et le redirai ici, surtout aux descendants de ces familles qui ont longtemps parmi nous possédé si grandement la terre : « Pourquoi, si l'industrie et le commerce ne vous conviennent point, ne seriez-vous pas de nobles, et même si vous le pouvez d'illustres agriculteurs? Au lieu d'émigrer aussi des campagnes, et d'aller trop souvent traîner à Paris, dans les clubs, dans les cercles ruineux du jeu et du plaisir, une vie si peu digne de vous, et jeter le reste de vos biens dans les abîmes du luxe, ne vaudrait-il pas mieux pour vous habiter honorablement vos terres, et pousser dans le pays ces racines profondes que les révolutions elles-mêmes ne sauraient arracher? Oui, soyez fidèles au sol qui a fait votre nom et votre grandeur, et le sol vous sera fidèle à son tour, et les populations vous béniront! La bénédiction de Dieu descendra sur vous, et par vous sur elles!

« Et l'on ne verra pas se réaliser sur vous et contre vous cette terrible parole du prophète : *Auferetur factio lascivientium* : la faction des hommes de plaisirs sera éternellement inutile, et on en débarrassera la terre. » (Amos, 6.)

En résumé, ma pensée est donc que l'agriculture offre un débouché admirable aux forces inoccupées, aux intelligences oisives, aux jeunes gens et aux hommes détournés, pour une raison ou pour une autre, des carrières officielles ou des carrières libérales ; et mon plus vif désir serait de voir se généraliser parmi nous le goût de ce mâle et noble labeur, si en harmonie avec toutes les vertus domestiques et guerrières, sociales et chrétiennes. J'aimerais que quiconque a des terres, s'il le peut, habitât et cultivât ces terres, se plût à la campagne, se passionnât pour l'agriculture, fût des sociétés agricoles, des comices et des concours agricoles, parquât, élevât des bestiaux, améliorât les races, les méthodes, les outils, les machines, et provoquât par ses exemples, et tous les moyens d'influence en son pouvoir, les progrès d'un art qui intéresse à un si haut degré la prospérité d'un pays.

Si quelqu'un maintenant me disait : Mais, prenez garde, par trop de zèle, de dépasser vous-même le but. L'agriculture est une chose qu'on ne peut pas faire à demi. Pour y réussir, il faut s'y donner tout entier. Rien n'absorbe davantage. Que deviendront alors les travaux d'esprit et la culture de l'intelligence? L'agriculture tuera l'étude.

Eh bien, lors même que cela, pour quelques-uns, devrait être, je ne crains pas de le dire, il n'y a pas à hésiter entre un agriculteur et un oisif. Quand un homme ne ferait toute sa vie que de l'agriculture, il aurait employé honorablement et utilement sa vie pour lui et pour les autres.

Mais rien n'est plus contraire à la vérité des choses que de considérer un homme qui s'occupe d'agriculture comme fatalement exclu de l'étude et des jouissances intellectuelles. Quels que soient les labeurs plus grands que l'agriculture impose à certaines époques, ils n'absorbent pas tellement les loisirs dans tout le cours d'une année qu'il n'en reste encore pour se délasser de la surveillance, ou même du travail personnel, par quelques études attachantes. Et cela est si vrai que, parmi les hommes mêmes dont je recommande les œuvres littéraires, il en est qui s'occupent beaucoup d'agriculture, obtiennent des prix, des médailles, dans les concours, et par là s'honorent aux yeux de la France, comme ils se sont honorés dans d'autres luttes, sur un autre théâtre. D'ailleurs, il y a un moyen bien simple de mêler l'étude à l'agriculture : c'est de faire de l'agriculture une étude ; car elle est elle-même, tous les grands agriculteurs le savent, une science très-vaste : mille études accessoires s'y rattachent, l'étude des terrains, l'étude des plantes et des arbres, l'étude des races animales ; l'étude des produits et des prix des denrées ; des études de commerce, de statistique ; même de législation et de finances ; même des études morales ; des théories de culture ; en un mot, bien que l'agriculture soit avant tout une science pratique, et qu'il y ait quelquefois un danger à être en agriculture un homme de théorie, il n'en est pas moins vrai qu'il faut beaucoup savoir et beaucoup étudier pour être un agriculteur entendu et faisant autorité. J'en connais, j'en pourrais citer ici, qui, sans rien négliger des détails d'une très-vaste exploitation, prennent aussi l'agriculture par son côté scientifique, et ne craignent même pas de faire de longs voyages pour étudier et comparer les terrains, les méthodes, les résultats : c'est là assurément une manière libérale de faire de l'agriculture.

Maintenant, quant aux ouvrages qui se pourraient consulter sur l'agriculture, sans suivre la science agricole dans tous ses détails et dans toutes ses branches, je me bornerai à indiquer les livres suivants :

1° Le *Traité des colonies agricoles.*
2° Le *Dictionnaire général de l'Agriculture.*
3° Le *Calendrier du Cultivateur.*
4° Le *Manuel du bon Fermier.*
5° L'*Économie rurale en Angleterre et en Écosse*, par M. de Lavergne.
6° L'*Économie rurale en France depuis 1789*, par le même.

Ces divers ouvrages se trouvent à la librairie agricole, rue Jacob, 26, à Paris.

# IX

## ÉTUDE DE LA RELIGION.

Le chancelier d'Aguesseau, dont j'invoque si souvent l'autorité dans cette lettre, après avoir exposé à son fils les raisons d'étudier encore après les premières études, mettait en première ligne, dans le plan qu'il lui traçait pour les études de toute sa vie, l'étude de la Religion. « Je commencerai, dit-il, par ce qui regarde la Religion, dont l'étude doit être le *fondement*, le *motif*, et la *règle* de toutes les autres. »

Je ne sais si aujourd'hui, dans les régions élevées de la société, s'est pleinement conservée l'antique gravité des mœurs, si une certaine légèreté, inconnue autrefois, ne se rencontre pas trop souvent de nos jours même chez les juges de la terre ; j'aime à penser néanmoins que les paroles d'un magistrat tel que d'Aguesseau gardent encore toute leur autorité.

Pour moi, si je termine mes conseils par où d'Aguesseau commençait les siens, ce n'est pas que je n'attache, autant et plus encore que ce grand magistrat, une souveraine importance pour les hommes du monde à l'étude de la Religion, surtout dans les temps de scepticisme et d'indifférence où nous sommes. J'entends au contraire que nulle étude n'est plus nécessaire à notre époque, et qu'il y a ici pour tous une particulière obligation de combler les lacunes de la première éducation sur ce point, lacunes souvent si grandes, même quand cette éducation a été chrétienne.

Qui ne sent que l'étude de la Religion « est nécessaire, comme disait d'Aguesseau, à tout homme qui veut avoir une foi éclairée, et « rendre à Dieu ce culte spirituel, cet hommage de l'être raisonnable à son auteur, qui est le premier et le principal devoir des « créatures intelligentes? »

Cependant, où en est-on, généralement, à cet égard?

S'il y a une chose qui parfois me contriste profondément et m'alarme pour l'avenir religieux de ce pays et le salut éternel des âmes, c'est de voir le peu qu'on sait, et le peu qu'on fait pour savoir quelque chose en religion : c'est de voir tant de chrétiens ne pas comprendre la rigoureuse obligation que nous imposent sur ce point capital le malheur des temps où nous vivons et les luttes présentes.

Je ne craindrai pas de le dire pour l'avoir expérimenté trop souvent : il y a, aujourd'hui, parmi nous, en matière de religion, une ignorance déplorable. J'ai rencontré souvent, pour ma part, même chez des hommes très-instruits d'ailleurs, même chez des personnes chrétiennes et pratiquantes, de véritables profondeurs d'ignorance à cet endroit.

On ignore tout de sa religion : on ne sait rien, ou presque rien de ses enseignements quelquefois les plus essentiels, rien de sa constitution, rien de sa liturgie, rien de ses preuves, de ses droits, de son action dans le monde, presque rien de ses origines, de son histoire, de l'histoire même, de Jésus-Christ; on ne comprend pas ses intérêts les plus évidents; on est incapable de les servir et de les défendre. Et, s'il y a une chose qui paraisse superflue à beaucoup de gens irréfléchis, et dont la pensée ne leur vienne jamais, c'est de faire quelque chose pour sortir de cette ignorance et s'instruire sérieusement de leur religion.

Je le demande, que peut devenir une génération chrétienne qui en est là ? Ma conviction profonde est que là se trouve, pour les âmes et pour l'Église, une cause incalculable de faiblesse.

Voilà pourquoi nous voyons tant de chrétiens mous, faibles, flottants, et si peu de ces mâles et forts chrétiens, enracinés et fondés dans la foi, comme disait saint Paul; si peu de grandes âmes et de grandes vertus.

Il n'y a que la foi à l'état de lumière et de flamme qui puisse faire des âmes énergiques et vaillantes, comme il en faudrait aujourd'hui.

Plus la foi est éclairée, plus la pratique est ferme : mais avec l'ignorance de la religion, la foi elle-même languit et s'en va, comme un feu qui ne jette plus que de faibles étincelles, et s'éteint faute d'aliment.

Il faut absolument fortifier, nourrir sa foi, si nous voulons qu'elle se soutienne et nous soutienne nous-mêmes : il faut plus, aujourd'hui surtout; il faut la défendre, car de toutes parts elle est attaquée, et une religion qui s'ignore elle-même est peu propre à résister aux attaques.

Je dirai ici ma pensée dans toute sa rudesse : l'ignorance volontaire de la religion, dans un homme qui croit, est tout simplement absurde. C'est se priver de tout ce qu'il y a de plus consolant et de plus fortifiant dans la religion. Tous ces biens si précieux du croyant, la sécurité dans la foi, le calme profond de l'âme, la joie de ces grandes admirations que donnent les choses de Dieu, le bonheur de posséder la vérité, de se sentir en pleine lumière, d'avoir, ce que si peu d'hommes ont ici-bas, une vie digne, gouvernée par des convictions et non par des habitudes, une vie sûre d'elle-même dans la bonne voie, voilà ce qu'ignoreront à jamais les hommes qui n'ont de la religion que l'écorce et ne cherchent pas à la pénétrer par une connaissance approfondie.

Car il en est de la religion comme de toutes choses : pour la bien savoir il faut l'étudier. Je n'ignore pas qu'on l'enseigne dans les catéchismes et dans les chaires ; mais, de ces deux enseignements, l'un est nécessairement très-élémentaire, trop fugitif, l'autre malheureusement très-peu suivi et trop incomplet, pour donner toutes les lumières nécessaires et suffire pleinement aux âmes dans le siècle où nous sommes.

Sans doute, un homme du monde ne peut embrasser dans toute son étendue l'étude de la Religion, et en faire sa spécialité comme le prêtre ; aussi n'est-ce point là ce que je propose : mais il y a dans les études qui se rapportent à la Religion, des points absolument essentiels, dont l'ignorance laissera toujours dans l'intelligence et dans la vie une lacune lamentable, et qui sollicitent, certes, à autant de titres que toute autre étude profane, ces longues heures dont les hommes du monde ne savent que faire.

Mais ce n'est pas seulement aux chrétiens, qui ne veulent pas être frivoles, et qui ont pour leur âme et pour leur foi le respect qui leur est dû, que j'estime nécessaire l'étude sérieuse de la Religion, c'est aux hommes du monde eux-mêmes, dont la foi aurait pu être ébranlée, ou qui n'auraient pas le bonheur d'être croyants.

C'est à ceux-là que je demanderai si les questions religieuses sont des questions indifférentes, des spéculations oiseuses, qu'on puisse agiter ou négliger à son gré ; je leur demanderai même, s'il est digne d'un homme sérieux, d'un honnête homme, de professer l'insouciance sur une chose grave entre toutes assurément, et qui implique les premiers et plus grands devoirs de la vie humaine.

Et cependant, où en est-on sur ces études ? — On dit quelquefois : « Mais j'ai des idées arrêtées sur tout cela. » Je dirais, moi, avec plus de raison, et j'aurais pour le dire des expériences qui m'ont plus d'une fois stupéfait : Non, vous n'avez sur ces choses que des ignorances arrêtées, dans lesquelles vous vous cantonnez obstinément, et vivez, les yeux fermés, aveugles volontaires et coupables ! Car à quelle époque de votre vie se sont formées en vous ces idées sur lesquelles vous avez décidé de ne plus revenir ? Quel vent d'opinion soufflait alors, et a emporté votre jeunesse ? Quelle part de votre vie avez-vous donnée à ces graves études, que les plus grands génies n'ont pas épuisées, après y avoir consacré leur vie entière ? Quel livre avez-vous lu, non avec un parti pris de scepticisme, mais avec la sérieuse et honnête bonne foi d'un homme qui veut connaître la vérité, et l'embrasser, si elle se montre? Et vous dites, vous : J'ai vu le fond de ces choses, je connais toute cette théologie, toute cette apologétique, toute cette histoire, quand vous ne connaissez pas même quelquefois le seul énoncé de nos dogmes, ni les plus simples termes des questions religieuses, quand pour dissiper vos doutes il suffirait souvent de bien poser les questions; et vous, homme sincère, homme grave, vous en restez là, avec quelques lambeaux d'histoire altérée, avec quelques débris de sophistique vieillie, attardé dans des objections misérables, mille et mille fois refutées, vous en restez là, sur la plus capitale des questions, qui importe à votre âme et à votre salut éternel! Je n'ai ici qu'un mot à redire : non cela n'est pas digne d'un homme sérieux.

Cette étude d'ailleurs, je le demande, le cède-t-elle en intérêt à une étude profane quelconque? Dans l'immense variété des sujets qu'elle embrasse, ne touche-t-elle pas même à toutes les autres par leurs points les plus élevés? Éloquence, poésie, philosophie, histoire, arts, sciences, ne rencontre-t-on pas tout cela dans une étude un peu étendue de la Religion? La vérité est que cette fille du Ciel n'est étrangère à rien de ce qui est de l'homme: et de même que toutes les avenues de la pensée, quand on les suit jusqu'au bout, se terminent à Dieu, de même toute étude, poussée un peu loin, a son point de contact avec la religion : et c'est pourquoi rien n'égale, à tous les points de vue, l'intérêt des études religieuses.

En quoi consistent précisément ces études? « Deux choses peu- « vent être entendues sous ce nom. La première est l'étude des « preuves de la vérité de la religion chrétienne; la seconde est l'é- « tude de la doctrine qu'elle enseigne, et qui est ou l'objet de notre « foi, ou la règle de notre conduite. » Voilà comment d'Aguesseau entendait l'étude de la Religion pour un jeune homme destiné à vivre dans le monde, pour son fils. Il y ajoutait comme complément indispensable l'étude de l'histoire ecclésiastique, et celle de l'Écriture sainte. Disons un mot de ces quatre études.

### 1° ÉTUDE DE L'APOLOGÉTIQUE CHRÉTIENNE.

Je prierai d'abord quiconque lira ces pages de vouloir bien apporter une profonde attention aux paroles suivantes de d'Aguesseau. Elles sont pleines de haute raison et de sens chrétien, et me paraissent convenir merveilleusement aux hommes de notre temps, et au but que je me propose ici, qui est simplement d'étendre à tous les conseils que cet illustre magistrat adressait à son fils.

« Mon cher fils, vous allez entrer dans le monde, et vous n'y trou-
« verez que trop de jeunes gens qui se font un faux honneur de douter « de tout, et qui croient s'élever en se mettant au-dessus de la reli- « gion : quelques soins que vous preniez pour éviter les mauvaises « compagnies, comme je suis persuadé que vous le ferez, et quelque « attention que vous ayez dans le choix de vos amis, il sera pres- « que impossible que vous soyez assez heureux pour ne rencontrer « jamais quelqu'un de ces prétendus esprits forts qui blasphèment « ce qu'ils ignorent. Il sera donc fort important pour vous de vous « être fait de bonne heure un bon fond de religion, et de vous être « mis hors d'état de pouvoir être ébranlé ou même embarrassé par « des objections qui ne paraissent spécieuses à ceux qui les pro- « posent, que parce qu'elles flattent l'orgueil de l'esprit ou la dé- « pravation du cœur.

« Ce n'est pas, mon cher fils, que je veuille vous conseiller d'en- « trer en lice avec ceux qui voudraient disputer avec vous sur la « religion. Le meilleur parti, pour l'ordinaire, est de ne leur point « répondre, et de ne leur faire sentir son improbation que par son « silence. Vous devez même éviter avec soin de paraître vouloir « dogmatiser. C'est un caractère qui ne convient point à un jeune « homme et qui ne sert qu'à donner aux libertins le plaisir de le « tourner en ridicule, et quelquefois même la religion avec lui. « Mais c'est une grande satisfaction pour un jeune homme aussi « bien né que vous l'êtes, de s'être mis en état de sentir le frivole « des raisonnements qu'on se donne la liberté de faire contre la « religion, et de bien comprendre que le système de l'incrédulité « est infiniment plus difficile à soutenir que celui de la religion ; « puisque les incrédules sont réduits à oser dire ou qu'il n'y a « point de Dieu (ce qui est évidemment absurde), ou que Dieu n'a « rien révélé aux hommes sur la religion (ce qui est démenti par « tant de démonstrations de fait qu'il est impossible d'y résister). « En sorte que quiconque a bien médité toutes les preuves trouve « qu'il est non-seulement plus sûr, mais plus facile de croire que « de ne pas croire, et rend grâces à Dieu d'avoir bien voulu que « la plus importante de toutes les vérités fût aussi la plus cer- « taine, et qu'il ne fût pas plus possible de douter de la vérité de « la religion chrétienne, qu'il l'est de douter s'il y a eu un César « ou un Alexandre. »

D'Aguesseau donne ici ~~de la~~ nécessité de se faire, comme il dit, *un bon fond de religion*, deux raisons générales, dont il est impossible de ne pas sentir la force.

C'est d'abord la satisfaction profonde qu'il y a pour l'âme à se donner plus de clartés, à se rendre compte de ses certitudes. La Religion a ses preuves, et la foi est éminemment raisonnable, bien qu'elle soit surnaturelle, dans son objet, son motif et son principe. Même chez le croyant le plus sincère, il y a un certain besoin d'ordre et de lumière, et l'esprit aspire là comme partout à des vues d'ensemble, à l'enchaînement des vérités éparses; on désire voir comment tout s'ordonne et s'harmonise dans l'économie du plan divin. Ce travail, bien dirigé, ne peut qu'affermir la foi, et ces clartés plus grandes de l'esprit font une pratique chrétienne plus intelligente et plus fidèle. Je voudrais voir ce travail fait par tout homme capable de le faire.

Mais cette étude des preuves de la Religion, si utile en tout temps, est absolument nécessaire aux époques comme la nôtre, où les attaques de tout genre mettent la foi des faibles en péril. Il y a des âmes qui s'effrayent de cette recrudescence d'impiété qu'on remarque à certains moments. Craintes pusillanimes! Il est facile de se rendre raison de ces luttes et de comprendre que l'Église est nécessairement militante sur la terre : attaquée dès le premier jour de sa durée, elle le sera jusqu'au dernier. La Religion, comme on l'a très-bien dit, ressemble à cette nuée qui conduisait le peuple de Dieu dans le désert. Le jour est d'un côté et la nuit de l'autre. Il y a assez de lumière, dit Pascal, pour éclairer les esprits dociles; il y a assez d'ombres pour offusquer les esprits orgueilleux. Touchant à l'infini, la religion pose nécessairement sur le mystère, et le mystère est l'écueil des âmes superbes. D'ailleurs, l'orgueil de l'esprit n'est pas le seul ennemi secret qui proteste ici : la foi aboutit à une pratique sévère; toutes les passions du cœur humain, que cette foi réprime, lui font dans les âmes une sourde et inexorable opposition; ajoutez l'opposition publique des mœurs contraires et des pouvoirs jaloux, et vous comprendrez pourquoi la religion est condamnée à faire ici-bas, contre des ennemis éternels, une éternelle apologie.

Mais c'est un grand et beau spectacle à contempler dans l'histoire, que celui de l'apologétique chrétienne, depuis les premiers siècles jusqu'aux temps où nous vivons. On voit, à mesure que les attaques se développent, l'apologie grandir aussi, et étendre le champ de ses arguments victorieux. Mais comme, au fond, la controverse ne roule que sur un petit nombre de principes, et que l'erreur est condamnée à tourner dans le même cercle, il y a un extrême intérêt à saisir, sous les objections de détails, plus ou moins multipliées, les principes généraux qui portent toute l'apologétique chrétienne, et qui sont comme les colonnes de la démonstration évangélique.

Une grande lumière se fait alors : l'inanité des attaques apparaît en même temps que la force et l'éclat des preuves, et on saisit, dans son harmonieuse unité, tout l'enchaînement du système chrétien et le merveilleux accord du naturel et du surnaturel, de la raison et de la foi, de la philosophie et de la religion.

C'est ainsi que de bonnes études sur l'apologétique chrétienne rendent les convictions plus fermes et défendent contre les sophismes. Et puis, pourquoi craindrais-je d'en exprimer ici le vœu? Ces études ne pourraient-elles pas avoir un autre avantage, et, comme elles l'ont fait tant de fois, susciter à la vérité divine, parmi les laïques, des défenseurs d'autant mieux écoutés que leur parole est moins suspectée? Après 1830, alors qu'au milieu de l'effervescence des esprits, l'habit du prêtre inspirait une absurde défiance, l'apostolat de la charité naquit dans les rangs laïques, pour seconder auprès du peuple l'apostolat sacerdotal. Dans l'ordre de la vérité, comme dans l'ordre de la charité, les laïques peuvent donner à l'Église d'inappréciables auxiliaires. Sans parler ici des contemporains, Prudence, saint Prosper, Lactance, saint Justin, Athénagore, Aristides, Minutius Félix, étaient des laïques. Mais quand un homme du monde ne serait pas appelé à ce grand rôle d'apologiste, combien de fois, s'il est solidement instruit, s'il connait les preuves du christianisme, ne pourra-t-il pas utilement, autour de lui, réfuter les objections misérables qui circulent, répétées par une foule de gens comme par autant d'échos, et porter la lumière, que sais-je? à un pauvre esprit retenu loin de Dieu, souvent par si peu de chose! Ce qui l'arrêtait n'était rien, une ignorance, un malentendu, une misère, un grain de sable; mais enfin, il était arrêté : aucune parole amie n'arrivait jusqu'à lui, nulle main secourable ne levait le faible obstacle. C'était vous peut-être que Dieu destinait à cette œuvre.

Maintenant quels ouvrages indiquer aux hommes convaincus des raisons que je viens d'exposer, et qui voudraient faire cette étude des preuves de leur religion. Pour me tenir toujours dans la mesure non-seulement du possible, mais du facile, je me bornerai encore ici à quelques courtes indications.

D'abord, c'est dans les apologistes contemporains, qu'il faut étudier l'apologétique, parce qu'ils répondent plus directement aux objections contemporaines.

Ainsi, il faut nécessairement qu'un homme du monde ait lu, et relise les Conférences du P. Lacordaire, du P. de Ravignan et du P. Félix; le bel ouvrage de M. Nicolas : *Études philosophiques sur le Christianisme* [1]; les belles pages du *Génie du Christianisme;* et les *Conférences* de M. Frayssinous, admirables de noblesse, de logique

[1] Arrivé à sa 16e édition, et qui a ramené tant d'âmes au christianisme. Je ne connais pas pour un homme de plus grand honneur et de plus grand bonheur que d'avoir fait un pareil livre. Et cet homme est un laïque.

et de clarté. J'ajoute l'*Introduction philosophique à l'étude du Christianisme*, de Mgr Affre.

Je joins à ces ouvrages les *Conférences* de Mgr Wiseman, *sur l'Accord des sciences et de la révélation;* Balmès : son magnifique ouvrage sur le *Protestantisme et le Catholicisme comparés*; et le docteur Döllinger : *Christianisme et Paganisme comparés.*

Qu'on me permette de citer ici, à côté de ces noms plus célèbres, un ouvrage récent, peu connu encore, mais excellent, d'un de mes diocésains, un laïque, M. Baguenauld de Puchesse, qui est lui-même, pour notre ville d'Orléans, un exemple des études que je recommande ici. *Le catholicisme présenté dans l'ensemble de ses preuves.*

Puis, parce que les restes du voltairianisme traînent encore au milieu de nous, et que beaucoup d'hommes de notre siècle sont attardés dans le dix-huitième, il est bon de relire quelques apologistes de ce temps-là : le *Catéchisme philosophique* de Feller, les *Helviennes* de l'abbé Barruel; Bergier : *le Comte de Valmont.*

Il ne faut pas oublier non plus les apologistes du dix-septième siècle, où déjà se faisait entendre le *bruit sourd d'impiété* que signalait Fénelon : Les *Pensées* de Pascal (l'édition de Dijon), le *Discours sur l'Histoire universelle*, grand ouvrage à la fois de philosophie, d'histoire et d'apologétique, et enfin Fénelon, surtout les deux premiers volumes du *Christianisme présenté aux gens du monde.*

Et pourquoi enfin quelques hommes plus instruits, quelques chrétiens plus fermes, n'essayeraient-ils pas de remonter jusqu'à l'apologétique primitive, et d'étudier comment le christianisme fut attaqué et défendu dès l'origine? On verrait que bon nombre d'objections qui se donnent comme nouvelles sont bien vieilles ; et malgré certaines discussions de circonstance dont l'intérêt a diminué pour nous, l'apologétique ancienne paraîtrait souvent dater d'hier, tant elle répond encore à certains incrédules d'aujourd'hui. Voltaire, par exemple, n'est pas autre chose que Celse parlant français ; et Origène (*Contre Celse*, édit. Migne) peut suffire contre les voltairiens. Eusèbe de Césarée (*Démonstration Évangélique*, et *Préparation Évangélique*, édit. Migne), Tertullien et saint Justin, dans leurs Apologétiques, auraient aussi beaucoup à nous apprendre. Les ouvrages de M. l'abbé Freppel sur *les Pères apostoliques*, *les Premiers apologistes*, *Saint Justin* et *Saint Irénée*, sont une excellente introduction à l'étude de ces premiers monuments de la tradition chrétienne, et j'en recommande vivement la lecture.

## 2° ÉTUDE DES DOGMES CHRÉTIENS.

« Pour ce qui est de l'étude de la doctrine que la religion nous « enseigne, disait encore d'Aguesseau, et qui est l'objet de notre foi

« ou la règle de notre conduite, C'EST L'ÉTUDE DE TOUTE NOTRE VIE, mon « cher fils. » D'Aguesseau avait raison, cette étude est inépuisable.

L'exposition des dogmes chrétiens est la plus belle et plus éloquente partie des écrits des Pères. Le futur orateur de Notre-Dame qui, jugeant l'œuvre importante de ses devanciers achevée, et le terrain bien préparé pour lui-même, croira pouvoir entrer enfin dans les splendeurs du dogme catholique, s'il est théologien en même temps qu'orateur, pourra rencontrer des magnificences qui raviront ce siècle. Mais il faudra qu'il soit théologien. C'est la théologie qui introduit au cœur des dogmes et qui en montre les profondeurs, les lumières et l'harmonie.

Que les personnes auxquelles je m'adresse comprennent bien ma pensée. Si je venais dire à un homme du monde, en lui montrant la *Somme* de saint Thomas : Voilà un livre admirable, qu'il faut lire d'un bout à l'autre; il me répondrait, et avec raison, que le livre peut être admirable, mais qu'il n'est pas à son adresse. Mais quelle raison, quelle objection sérieuse peut-on m'opposer quand je viens dire : Vous ne savez pas votre religion; vous le sentez, vous en convenez vous-même : eh bien, commencez par l'apprendre, et étudiez une exposition simple, mais suivie et complète de nos dogmes. — Mais où? — Dirai-je dans le catéchisme? Plût au ciel qu'on sût ce que c'est qu'un catéchisme et qu'on n'eût pas en absurde dédain ce nom, et qu'on prît la peine de relire de temps en temps ce merveilleux abrégé de toute la doctrine chrétienne, dont la rédaction a coûté, je le sais par expérience, tant de réflexion et tant de peine! Mais qu'on lise à tout le moins quelques-uns de ces bons livres, si inconnus à la plupart des hommes du monde aujourd'hui : *la Doctrine chrétienne* de Lhomond, livre très-sommaire, mais très-clair, très-touchant, très-solide; le *Catéchisme* de Bossuet; une édition corrigée du *Catéchisme historique* de Fleury, que Fénelon et Bossuet recommandaient de leur temps aux gens du monde; le *Catéchisme du Concile de Trente;* ou enfin, si l'on veut un style plus relevé, qu'on lise les grands sermonnaires, par exemple Bourdaloue : ses *Sermons sur les mystères* sont une excellente théologie à l'usage de tout le monde; ou Bossuet, qui unit, dans ses sermons, tant de doctrine à tant d'éloquence. Cette lecture faite avec suite, pendant le cours d'une année, selon que les grandes fêtes liturgiques amènent les grands mystères, serait à la fois d'un charme extrême et d'une grande utilité! Je sais des gens du monde, même non chrétiens, qui y trouvent un véritable plaisir intellectuel, une jouissance littéraire. Je réponds qu'un homme qui étudierait quelques-uns de ces ouvrages ne tarderait pas à savoir à fond sa religion.

Quant à la théologie, sans vouloir faire d'un homme du monde un théologien, serait-ce lui imposer une tâche fastidieuse ou inutile, que de lui conseiller d'entrer *quelquefois* en contact avec un grand théologien tel que saint Thomas ou Thomassin? Croit-on que même à un homme de notre temps la *Somme* de saint Thomas, quelquefois consultée, n'aurait rien à apprendre? On ne sait pas assez dans le monde quelle science c'est que la théologie. Cependant M. Saint-Marc Girardin un jour ayant fait cette déclaration dans son cours : « J'aime la théologie et les théologiens, » fut couvert d'applaudissements par toute cette intelligente jeunesse française.

Si, sous le nom de théologie, on se représente une suite de subtilités scolastiques, de questions abstraites et sans application possible aux choses de notre temps, je comprends que ce mot soulève une certaine répugnance. Mais si l'on a de cette science une idée plus juste, si l'on fait réflexion que les plus hautes questions de droit, de philosophie, d'histoire même, s'y rattachent, on comprendra que les études théologiques ne sont pas un domaine réservé, où il soit interdit à un homme du monde d'entrer. D'illustres écrivains laïques ont dû beaucoup à un commerce fréquent avec la théologie. Je considérerais, pour ma part, comme une prévention très-préjudiciable à la grande culture de l'esprit de regarder les œuvres des théologiens comme absolument exclues des études laïques : je suis pleinement convaincu que les esprits d'élite gagneront souvent beaucoup à puiser dans ces trésors de forte raison et de grandes pensées.

Mais, je considère ici la généralité des hommes chrétiens dans le monde qui, sans aspirer à la gloire de l'écrivain, du publiciste ou du philosophe, veulent du moins employer leurs loisirs à cultiver leur intelligence et orner leur esprit, en fortifiant leur foi. Eh bien, je ne crains pas de le dire : il y a une certaine partie de la vaste science théologique, dont la connaissance me paraît pour eux tout à fait nécessaire, par exemple, ce que dans les traités élémentaires on appelle le *Traité de l'Église* : au dix-septième siècle, la plupart, non-seulement des magistrats, mais des hommes instruits, avaient étudié spécialement ces matières. Et certes, il est permis de le dire : si certains magistrats, si certaines gens qui se prétendent aujourd'hui catholiques sincères, si nos adversaires de bonne foi connaissaient mieux la constitution de l'Église, les droits et les devoirs respectifs des deux puissances, les droits du Pape et des évêques, les vrais principes sur les matières mixtes, on ne verrait pas tant de confusions de toutes sortes faites par les uns et acceptées par les autres.

Si donc quelques hommes plus sérieux et plus courageux étaient amenés par leur goût ou par le cours de leurs études à étudier plus spécialement certaines grandes questions théologiques, j'applaudirais de toute mon âme à ces études, et voici quelques ouvrages que je puis leur indiquer : l'*Histoire des variations*, par Bossuet, ses *Avertissements aux Protestants*, son *Exposition de la doctrine catholique*, qui a converti Turenne ; le beau travail intitulé *la Perpétuité de la foi catholique*, par les écrivains de Port-Royal ; le livre *du Pape*, par M. de Maistre, bien que tous les arguments de l'illustre écrivain n'aient pas la même solidité.

Puis encore : *l'Église et les Églises*, par Döllinger (trad. de l'abbé Bayle) ; les *Conférences de l'Oratoire de Londres*, du P. Newmann ; les *Entretiens de Starck ;* la *Discussion amicale*, de M. de Trevern, et enfin un autre ouvrage moins grave de forme, mais très-solide au fond, et très-attrayant, *Géraldine* ou l'*Histoire d'une conscience*.

Il y a encore des livres excellents ; sorte de répertoires de théologie, qu'on pourrait au moins consulter de temps en temps ; par exemple le *Dictionnaire de théologie* de Bergier (édit. de Besançon) ; je voudrais que tout homme studieux eût dans sa bibliothèque un Bergier. L'utilité d'un pareil livre, pour un homme du monde, est inappréciable. Il se présente une question, on a rencontré dans un livre une difficulté, on voudrait un renseignement important, on ouvre son Bergier, et, de suite, clairement et en peu de paroles, on trouve ce que l'on cherche.

### 5° ÉTUDE DE L'HISTOIRE ECCLÉSIASTIQUE.

La connaissance de la Religion serait fort incomplète sans l'étude de son histoire, car la Religion est essentiellement historique dans ses origines comme dans ses développements.

La Religion n'est pas seulement une doctrine, c'est un fait divin, posé et se poursuivant dans l'humanité à travers les âges. Et d'ailleurs, la doctrine elle-même, quoique immuable dans son fond, a, comme toute chose, sa marche et son progrès. *Non nova, sed novè.*

Le sentiment chrétien seul devrait donc suffire pour incliner à cette étude. Il en est de l'histoire de l'Église pour des chrétiens comme de l'histoire de France pour des Français : l'ignorance et l'indifférence sont là moins que partout ailleurs admissibles.

Mais à un autre point de vue encore, on peut dire que les études historiques ont pour complément nécessaire l'histoire ecclésiastique. La vie et l'histoire de l'Église est mêlée à la vie et à l'histoire de tous les peuples et de tous les siècles, car l'Église embrasse tous les temps et tous les pays.

Et quant au grand intérêt des choses, en une telle histoire, il serait superflu d'insister.

Mais comment procéder dans l'étude de cette histoire ? Le voici :

C'est une erreur, que quelques littérateurs légers adoptent trop facilement, de regarder l'histoire du peuple juif comme important peu à l'histoire du Christianisme : ces deux histoires se tiennent si indissolublement, qu'elles n'en font qu'une; l'une repose sur l'autre comme sur sa base, et les séparer c'est tronquer essentiellement l'histoire de la religion.

Il y a donc d'abord l'histoire de la religion avant la venue de Jésus-Christ ; c'est là que se voit toute la suite de la préparation évangélique: Dieu, créant l'homme pour une fin surnaturelle; le relevant miséricordieusement après sa chute, par la promesse du Sauveur; renouvelant cette promesse aux patriarches; se formant un peuple à part pour être dépositaire de cette sainte espérance; conservant chez ce peuple choisi son culte et sa loi; dessinant, dans tous ses plus illustres personnages et dans les principaux événements de son histoire la figure de Jésus-Christ et de son Église, en même temps qu'il multiplie, de siècle en siècle, avec une clarté toujours croissante, les prophéties qui annonçaient le Sauveur promis; et enfin accomplissant tout au temps marqué par la venue de Jésus-Christ sur la terre.

Là, dans l'histoire hébraïque, sont donc tous nos ancêtres dans la foi, les patriarches et les prophètes; grands hommes qui devraient nous être familiers comme étant de notre race, de notre famille, tandis que souvent ils sont pour nous des étrangers : grands faits pleins de fortes leçons pour qui sait les comprendre, mais qui nous sont moins connus quelquefois que les fables mythologiques. Le dix-septième siècle nous était bien supérieur en ce point comme en beaucoup d'autres. Alors l'histoire sainte était vraiment un livre de famille, où l'enfant, dès qu'il pouvait en tourner les feuillets et en regarder les saintes images, se familiarisait avec les choses divines, et apprenait, comme en se jouant, l'histoire de sa religion. Au moyen âge aussi, cette connaissance des faits bibliques était beaucoup plus populaire qu'aujourd'hui, et tout le monde comprenait, dans les bas-reliefs des vieilles cathédrales, écrite en pierre depuis la création du monde jusqu'à la fin des temps, cette histoire qui est lettre close pour tant de chrétiens de nos jours.

Quant aux livres où on peut étudier avec fruit cette partie de l'histoire du christianisme, j'indiquerai simplement ici, comme ouvrage de peu d'étendue : l'*Histoire de la Religion avant J. C.*, par Lhomond, c'est son chef-d'œuvre ; le beau livre des *Mœurs des Israélites et des Chrétiens*, par Fleury ; le premier volume de l'*Histoire ecclésiastique*, de M. l'abbé Drioux. Comme ouvrage plus considérable : l'*Histoire des Hébreux*, par M. Rabeleau, un Orléanais ; l'ouvrage si étudié de Berruyer, l'*Histoire du peuple de Dieu* (édition de Besançon), et enfin et toujours la deuxième partie du *Discours sur l'histoire universelle*, où Bossuet a exposé toute la suite et les grands faits de l'histoire sainte avec une supériorité de génie incomparable.

Après l'histoire de la Religion avant Jésus-Christ vient l'histoire de la Religion depuis Jésus Christ, c'est-à-dire, l'histoire de l'Église.

C'est là que se découvre visiblement la réalisation du plan divin, dont toute l'histoire de l'ancien peuple n'avait été que la préparation et l'annonce. C'est là qu'on voit la formation de l'Église chrétienne; sa divine constitution; son action sur l'humanité; et, parmi ses combats, sa force invincible et son éternelle victoire. L'on y voit aussi le développement des dogmes, et ce progrès sans changement, où jamais aucune nouveauté doctrinale ne paraît, et qui, sans rien ajouter à la foi ancienne, ne fait que déclarer la vérité plus expressément, quand les nuages de l'erreur et les subtilités de l'hérésie essayent de l'obscurcir ou de la corrompre. Enfin, l'on y contemple avec admiration ce beau spectacle de la sainteté de l'Église : sainteté tellement inviolable, qu'elle subsiste malgré les vices, les passions et tous les scandales des hommes. On la voit briller jusque parmi les ombres des plus mauvais siècles, avec un éclat supérieur et persévérant, non-seulement dans l'enseignement et le discipline de l'Église, mais dans sa vie réelle, dans ses œuvres, ses institutions, son culte, et dans cette innombrable multitude de saints qu'elle enfante à Jésus-Christ avec une inépuisable fécondité, partout où est annoncé l'Évangile.

Quant à la manière de procéder en cette étude, voici quelques simples avis qui pourront n'être pas inutiles.

1° Pour l'histoire de l'Église, comme pour toute autre espèce d'étude, il faut prendre pour point de départ un ouvrage élémentaire qu'on lira d'abord, avant de s'engager dans des études plus étendues.

Le cours d'histoire ecclésiastique de M. l'abbé Blanc offre dans le premier volume une bonne introduction à l'histoire de l'Église, et dans les deux autres volumes un assez bon abrégé.

Dans l'*Histoire ecclésiastique* d'Alzog, traduite par M. Audley (3 vol.), on trouve beaucoup de vues générales et d'aperçus élevés, trop hasardés peut-être quelquefois; le résumé en quatre volumes de M. l'abbé Drioux, plus simple est aussi beaucoup plus clair ; le *Cours d'histoire ecclésiastique*, par un directeur de grand séminaire de Grenoble (3 vol.), est encore un très-bon résumé.

Beaucoup plus sommaire, mais d'un vrai mérite dans sa briéveté est l'*Histoire de l'Église*, par Lhomond. Vous qui lisez peu, qui ne lisez rien, lisez au moins Lhomond. Il vous restera certainement quelque chose d'une telle lecture.

2° L'histoire ecclésiastique est sans contredit la plus vaste et la plus variée de toutes les histoires, puisqu'elle embrasse tous les peuples, et comprend une suite de dix-neuf siècles. Il y a trois choses à y remarquer : — d'abord la marche générale et progressive des faits, dans toute la durée de l'Église ; — la distinction de diverses époques marquées par certains caractères dominants ; — enfin la suite et le progrès de certains grands faits plus ou moins généraux, lesquels, pour être mieux connus et mieux jugés, ont besoin d'être dégagés des autres faits et étudiés à part. Pour bien connaître l'histoire de l'Église, il est donc indispensable de la lire successivement à ces trois points de vue.

Il faut donc d'abord et avant tout lire toute la suite de l'histoire dans un des abrégés que nous venons d'indiquer.

Il faut ensuite reprendre l'histoire par époques, puis comparer les époques entre elles et les éclairer les unes par les autres : c'est par un tel travail qu'on remarquera les causes des événements, qu'on rapprochera les effets des causes, qu'on suivra dans leurs développements les grandes lignes de l'histoire ; et c'est par là aussi qu'on pénétrera dans la philosophie de l'histoire, étude si hasardée et souvent si fausse, il faut le dire, quand elle est égarée par l'esprit de système, mais si profondément instructive, lorsqu'elle ne s'appuie que sur l'analyse consciencieuse des faits.

Enfin, on peut étudier séparément dans toute leur suite, certains grands faits, qui, à raison de leur haute importance historique, méritent d'être plus sérieusement approfondis.

Cette manière d'étudier l'histoire peut sembler longue, mais il n'y a que celle-là qui soit sûre, lumineuse, et véritablement utile.

J'ai pu indiquer, pour la suite des faits de l'histoire ecclésiastique, plusieurs auteurs élémentaires : mais, si on me demande une bonne histoire générale de l'Église, j'avouerai mon embarras. Il y a cette lacune dans notre littérature ecclésiastique : nous manquons d'une histoire de l'Église qui soit à la fois complète et à l'abri de graves critiques. Le dix-septième siècle nous a laissé des collections et des travaux, incomparables sous le rapport de l'érudition, et nous avons le grave tort aujourd'hui de les trop négliger. On dirait que ces grands travaux nous font peur. Mais une histoire véritable, c'est-à-dire une œuvre d'art en même temps que de sérieux, le dix-septième siècle ne nous en a légué qu'une ; celle de Fleury. Fleury est incontestablement un historien éminent : rien n'égale la simplicité grave et noble de son style ; le charme de ses premiers volumes est extrême ; mais le développement du dogme est trop peu marqué dans son histoire, et ses opinions relativement à la Papauté sont gravement répréhensibles. Il serait indispensable de lire concurremment la *Critique de son histoire*, par Marchetti.

L'abbé Rohrbacher a, dans une œuvre considérable, amassé d'immenses matériaux : mais on sait quels justes reproches la critique lui a faits.

L'histoire de Berrault-Bercastel, continuée par M. Henrion, n'est, on le sait assez, que de second ordre.

Nous sommes plus riches en travaux partiels sur l'histoire de l'Église; soit l'histoire d'une Église particulière, telle que l'*Histoire de l'Église gallicane*, par le P. Longueval, continuée par les PP. Brumoy et Berthier, œuvre capitale et du plus grand intérêt; soit l'histoire d'un grand fait, telles que l'*Histoire de Photius et du schisme grec*, par l'abbé Jager; l'*Histoire de la réforme en Suisse*, par Haller; soit l'histoire des grands Papes, des grands évêques et des grands moines, où l'art des écrivains modernes résume souvent toute une époque. Par exemple, l'*Histoire de saint Chrysostome*, par M. l'abbé Martin; l'*Histoire d'Innocent III*, par Hurter; et *de Grégoire VII*, par Voigt; ou les Vies *de saint Dominique*, par le P. Lacordaire; *de saint François d'Assise*, par M. Chavin de Malan; *de sainte Élisabeth de Hongrie*, par M. de Montalembert, ouvrage dont l'Introduction est une étude admirable sur le treizième siècle; *de saint Pie V*, par M. de Falloux; *de saint François de Sales*, par M. l'abbé Hamon; *de saint Vincent de Paul*, par Abely; *de M. Olier*, par l'abbé Faillon. Voilà incontestablement d'excellentes lectures pour les hommes du monde. J'ajoute, pour ce qui concerne les missions catholiques, l'admirable collection, trop négligée aujourd'hui, des *Lettres édifiantes*, et pour des temps plus près de nous, les *Mémoires pour servir à l'histoire ecclésiastique au dix-huitième siècle*, par M. Picot; les *Mémoires* du cardinal Pacca; l'*Histoire de la captivité de Pie VI*; l'*Histoire de Pie VII*, par M. le chevalier Artaud.

Je termine ces indications très-incomplètes par un avertissement qui est à mes yeux d'une capitale importance. Un danger qui se pourrait rencontrer pour quelques-uns dans l'étude de l'histoire ecclésiastique, ce serait de s'étonner outre mesure et de se scandaliser même, là où les grands et humbles esprits ne font que s'affermir dans la foi. La suite de la religion et de l'Église est un fait divin, mais qui s'accomplit dans l'humanité : dans cette histoire il y a Dieu et il y a l'homme; Dieu avec sa force toute-puissante, et l'homme avec son éternelle misère; l'homme qui pèche et se peut corrompre, quand il lui plaît, et Dieu qui soutient l'Église, qui la conserve et y fait son œuvre, malgré l'infirmité ou la perversité humaine. Une société en laquelle, pendant une durée de dix-neuf siècles, nul scandale ne se verrait et qui ne compterait que des saints pour membres, serait un miracle que Dieu n'a pas promis, et qui n'était pas nécessaire pour faire éclater le côté divin de l'Église;

ce côté divin le voici : c'est que malgré les infirmités et les défaillances individuelles, l'Église elle-même ne défaille pas; une Église toujours pure dans sa doctrine, toujours irréprochable dans ses lois, toujours féconde pour engendrer à Dieu des saints par milliers, malgré les faiblesses d'un si grand nombre de ses enfants, et même quelquefois de ses ministres, une telle Église, visiblement, n'est portée que par la main divine; et quand il y a bientôt deux mille ans que cela dure, il faut dire que le doigt de Dieu est ici, ou n'est nulle part : qui ne voit pas cela, ne voit rien.

### 4° ÉTUDE DE L'ÉCRITURE SAINTE.

« Je ne crois pas avoir besoin de vous recommander la lecture de « l'Écriture sainte, écrivait encore le président d'Aguesseau à son fils. « Je prie Dieu, mon cher fils, que vous vous y attachiez toujours avec « fidélité pendant le cours de votre vie. »

Je conseille sans hésiter la lecture de l'Écriture sainte, mais dans une certaine mesure et sous certaines conditions, aux laïques instruits de la religion, suffisamment préparés à cette étude, et en état d'en profiter.

Bien que l'Église, pour de très-sages motifs, ait apporté des restrictions à la lecture de l'Écriture sainte en langue vulgaire, l'esprit de l'Église est certainement que les fidèles, qui en sont capables, connaissent et lisent les livres saints avec les autorisations et les précautions nécessaires.

Cette lecture était très-ordinaire dans les premiers siècles de l'Eglise, et nous voyons dans les lettres de saint Jérôme avec quelle ardeur les femmes elles-mêmes, les plus illustres Romaines, telles que sainte Marcella, sainte Paula et sa fille sainte Eustochium, lisaient la Bible, non-seulement dans la vulgate latine, mais encore dans le texte grec et le texte hébreu.

L'Écriture sainte est la parole de Dieu : c'est la vérité divine, la lumière divine qui est cachée sous ces saintes lettres; comment ne pas sentir qu'il y a là le plus riche trésor, le meilleur des aliments pour l'intelligence et pour l'âme?

Cependant il ne faudrait pas se jeter imprudemment dans cette lecture.

1° On peut, sans doute, étudier l'Écriture sainte au point de vue littéraire : il est reconnu sans conteste par tous les hommes de goût que nulle littérature n'est comparable à la littérature biblique; mais il ne faut pas que ce point de vue profane domine et cache, pour ainsi dire, le côté sacré des livres inspirés. Avant tout, il faut ne pas ouvrir la Bible comme un livre ordinaire, mais comme un livre divin, avec esprit de foi, adorant Dieu caché sous la lettre, méditant, goûtant ce qu'on lit; contemplant, adorant le rayon divin quand il brille; le désirant, l'appelant quand il se cache; écoutant le Maître intérieur, l'Esprit divin qui, en éclairant l'entendement, échauffe le cœur. C'est ainsi que les Pères de l'Église et tous les saints Docteurs conseillaient de lire les livres sacrés; c'est ainsi que tout chrétien doit faire cette lecture, s'il veut y puiser les plus pures lumières pour son esprit, en même temps que des consolations pour son cœur.

2° Parmi les saints livres il en est qui, au point de vue de l'édification et de l'utilité pratique, ont une plus grande importance et qu'il faut aussi relire plus souvent : tels sont les saints *Évangiles*, les *Actes* et les *Épîtres* des Apôtres, les *Proverbes* et les livres *Sapientiaux* et surtout les *Psaumes*, qui seront l'éternelle poésie et l'éternelle prière de l'âme religieuse.

3° L'Écriture sainte a des difficultés même pour un chrétien instruit de sa religion : tous les anciens textes en offrent, mais la Bible, par l'éloignement si grand du temps, la différence de nos mœurs et de nos usages, le génie d'une langue si éloignée de la nôtre, le fond même des choses, en présente de particulières et de considérables. Il faut à cette étude une initiation, une préparation sérieuse. L'étude de l'histoire hébraïque, dont nous parlions tout à l'heure, est déjà une première et nécessaire préparation; des ouvrages de critique bien choisis sont un autre secours indispensable.

Je conseillerais donc à un homme du monde, en même temps qu'il se mettrait à lire le texte biblique, de lire deux sortes d'ouvrages, d'abord des prolégomènes, soit généraux, traitant les questions générales d'herméneutique et de critique, soit particuliers sur la partie du texte qu'il étudierait; ensuite, un court et simple commentaire.

Il ne faut pas d'ailleurs trop s'effrayer des obscurités du texte : ce qu'on n'a pas saisi une première fois, on le comprendra souvent sans difficulté dans une seconde ou une troisième lecture; les choses s'éclaircissent peu à peu les unes par les autres. Quand par une étude attentive et persévérante on est entré dans le génie et l'esprit des auteurs sacrés, l'on entend alors aisément beaucoup de choses qui avaient arrêté d'abord; et ce qu'on parvient à comprendre ainsi par ses propres efforts donne bien plus de lumière et s'imprime beaucoup plus fortement dans la mémoire que ce qu'on reçoit en quelque sorte passivement par les explications d'autrui.

4° Quoique les commentaires soient utiles, nécessaires même, il faut se nourrir du texte des saintes Écritures beaucoup plus que des commentateurs, et non-seulement lire le texte, mais l'approfondir par la réflexion et par le cœur. C'est là que se trouve la séve, la vie et la grande lumière des Écritures. C'est que les Saints Pères ont puisé cette science si abondante, si vive, si pleine, qui caractérise tous leurs écrits. Il ne faut donc pas se jeter dans l'étude des longs commentaires : on y consumerait beaucoup de temps sans grand profit. Ni dans ces discussions intempérantes que le rationalisme allemand a soulevées comme une poussière autour de tous les livres sacrés, et qu'une école sans frein ni loi essaye en ce moment d'introduire parmi nous. Un homme du monde, en général, n'est pas assez préparé pour ces sortes d'études, et s'y engagerait sans profit, mais non pas sans péril.

En résumé, une Bible, et quelques bons livres de critique et de commentaires, cela peut suffire pour l'étude des livres saints.

Une Bible, dis-je, complète, Ancien et Nouveau Testament, bonne et belle édition : il n'est pas indifférent qu'elle soit sur beau papier, avec des marges sur lesquelles on puisse au besoin écrire des notes.

La *Bible de Carrières*, à la fois texte latin et traduction française, avec les commentaires de *Menochius* au bas des pages, est excellente pour un homme du monde.

Maintenant, comme préparation générale à la lecture de la Bible, pour le point de vue purement littéraire, j'indiquerai : l'ouvrage du docteur Lowth, *de la Poésie sacrée des Hébreux*, et celui de M. l'abbé Henri, *de la Poésie des livres saints*.

Pour le point de vue apologétique et historique, et comme prolégomènes généraux : l'*Herméneutique sacrée* de Janssens ; *la Bible vengée* de Duclos ; comme Introduction plus particulière au Nouveau Testament, les deux savants volumes du P. de Valroger : *Introduction historique et critique à l'étude du Nouveau Testament*, et le bel ouvrage de M. Wallon : *de l'Autorité des Évangiles*.

Si l'on voulait étudier plus spécialement, à ce même point de vue historique et critique, certaines parties de l'Écriture sainte, on aurait : pour le Pentateuque, par exemple, l'excellent travail de M. l'abbé Meignan, *les Prophéties messianiques*, dont malheureusement il n'a paru encore qu'un volume, et les *Lettres de quelques Juifs*, de l'abbé Guénée, excellente réponse aux objections du dix-huitième siècle.

Pour les Prophéties, une très-utile lecture préliminaire serait les *Dissertations* du cardinal de la Luzerne *sur les Prophéties* ; pour Isaïe en particulier, le P. Berthier.

Comme ouvrage d'explication littérale et d'édification morale, je citerai encore *Isaïe*, par le P. Berthier ; *les Psaumes*, par le même, et aussi la *Traduction des Psaumes*, de la Harpe. Pour les Évangiles, les *Méditations de Bossuet sur l'Évangile*, principalement dans l'admirable recueil que vient de publier M. Wallon ; pour les *Épîtres de saint Paul*, Picquigny.

Voilà quelques-uns des principaux ouvrages qui peuvent guider facilement un homme du monde dans l'étude des livres saints.

5° Enfin, un exercice des plus utiles, après qu'on aurait lu l'Écriture sainte tout entière; serait d'y étudier à fond, dans tout l'ensemble des livres saints, certains sujets donnés, comme tel point de dogme, telle vérité morale, tel vice, telle vertu, etc. C'est précisément un travail de ce genre que le chancelier d'Aguesseau recommandait à son fils. « Je vous conseillerai, pour vous mieux « remplir de toutes les vérités que l'Écriture sainte renferme, « de vous prescrire un travail que je regretterai toujours de n'avoir « pas fait pendant ma jeunesse, c'est d'extraire des livres sacrés « tous les endroits qui regardent les devoirs de la vie civile et chré- « tienne, de les ranger par ordre et d'en faire comme une espèce de « corps de morale qui vous soit propre. Il y a des auteurs qui ont « travaillé sur l'Écriture sainte dans cette vue ; mais je ne suis point « d'avis que vous vous serviez de leurs ouvrages, si ce n'est peut- « être après que vous aurez fait le vôtre, pour voir s'il ne vous sera « rien échappé. La grande utilité et le fruit solide de ces sortes de « travaux n'est que pour celui qui les fait lui-même, qui se nourrit « par là à loisir de toutes les vérités qu'il recueille et qui les con- « vertit dans sa propre substance. Je n'ai garde d'exiger de vous « que vous fassiez cet ouvrage dans le terme d'une année ; il fau- « drait pour cela quitter toutes vos autres études. Je serai bien con- « tent, si vous le commencez et si vous le continuez avec persévé- « rance. C'est un de ces travaux qu'il n'est pas nécessaire d'avoir « achevé pour en recueillir le fruit : il est bon même qu'il dure « longtemps pour le faire avec plus de réflexions et de sentiment, « et je ne sais s'il n'y a pas au moins autant d'avantage à le faire qu'à « l'avoir fait. »

Pour cet excellent travail voici, selon moi, la méthode à suivre, 1° rechercher et recueillir, à l'aide d'une Concordance, tous les endroits des livres saints qui se rapportent au sujet qu'on veut étudier : rien n'est plus facile; il faut, pour cela, avoir simplement chez soi, près de son bureau, sous sa main, sa Bible avec sa Concordance; 2° transcrire au fur et à mesure tous les textes qu'on trouve sur ce sujet, mettant, au besoin, en marge une note, un mot qui indique le sens dominant du texte; 3° réunir ensuite et grouper tous ces divers passages sous certains titres généraux; 4° composer du tout un ensemble de doctrine et de discours suivi sur le sujet proposé, en conservant non-seulement les pensées, mais le style, autant que possible, de l'Écriture sainte. L'expérience seule peut apprendre quel est le vif intérêt et le charme d'une telle étude sur les livres saints, quelle pure et haute lumière jaillit de tant de paroles divines ramassées sur un même sujet comme en un faisceau.

Tels sont les simples conseils que je crois pouvoir donner pour rendre facile et profitable le texte des livres saints : cette lecture, jointe à l'étude de l'histoire ecclésiastique, des dogmes chrétiens, et des preuves du Christianisme, complétera cette grande étude de la Religion, de toutes la plus belle, et si nécessaire pour former un chrétien solide, ferme dans sa foi, digne d'en goûter la consolation et les lumières, et capable au besoin de la défendre.

Tel est donc, mon cher ami, l'ensemble des études qui pourraient convenir à un homme du monde, et qui sollicitent, à des titres divers, ses loisirs. En terminant cet essai de réponse à des questions qui m'ont été bien des fois adressées et que se posent tout bas parmi nous l'esprit inoccupé, l'oisiveté futile, l'inaction découragée, je voudrais, pour être bien compris, et qu'on n'aille pas au delà de ma pensée, résumer ce que je viens de dire en quelques conseils pratiques :

1° Et d'abord, évidemment, je ne demande pas que chacun embrasse toute cette encyclopédie : ce n'est pas l'impossible que je veux, ni le pêle-mêle des études et l'éparpillement des efforts que je conseille. Mais ce qui se peut, et ce qui se doit, c'est que chacun examine de bonne foi ce dont il est capable, et fasse entrer dans sa vie quelque étude sérieuse, quelque travail honorable.

2° Dans chaque étude même, il n'est pas question de tout prendre; car chaque étude, en elle-même, est encore bien vaste. Il vaut mieux bien étreindre, comme on dit vulgairement, que mal embrasser. Qu'on circonscrive donc sa tâche; mais qu'on s'impose une tâche, et qu'on la remplisse. Que parmi toutes les sciences, on s'arrête à une, et qu'on s'y applique persévéramment; que parmi les littératures on en choisisse une, et qu'on aille au fond ; que dis-je? qu'on ne prenne même qu'un seul auteur, qu'un seul grand livre, et qu'on en fasse une étude suivie, et on aura accompli une chose sérieuse; on aura réalisé le *timeo virum unius libri* des anciens. Toute concentration d'efforts est féconde. Qui donc, je le demande, dans ces limites, pourrait avoir une objection contre le travail?

3° Cependant, parmi toutes ces études, il en est que je regretterais de voir totalement mises de côté : c'est la littérature et l'histoire. Ces deux études, si minime qu'on fasse leur part, il faut qu'elles en aient une, dans tout règlement, dans toute vie; ne fît-on — je dis cela afin de pousser l'indolence et l'incurie dans leurs derniers retranchements, et de les mettre au pied du mur — que relire quelquefois, avec attention, un auteur élémentaire, de simples abrégés.

4° A plus forte raison est-il nécessaire de ne négliger, en aucun cas, sous aucun prétexte, l'étude de la religion. Cette obligation, pour un honnête homme, est rigoureuse, absolue, de premier ordre. Non qu'on soit tenu à tout ce que j'ai indiqué; mais il en faut faire au moins quelque chose. Et si un homme du monde, quel qu'il soit, trop absorbé par les affaires, voulait au moins essayer ce que je vais dire, il y trouverait un moyen sûr et facile d'apprendre sa religion, simplement en lisant, en méditant les trois petits volumes de Lhomond : l'*Histoire de la religion avant Jésus-Christ*, la *Doctrine chrétienne* et l'*Histoire de l'Église*. Il y a encore un livre que je conseille volontiers, un livre que tout le monde connaît, que tout le monde a entre les mains, un Eucologe, une quinzaine de Pâques. Je le dis avec une très-profonde conviction : un Eucologe est un livre incomparable; et si l'on savait s'en servir, et en extraire les trésors qu'il contient, il pourrait à lui seul tenir lieu de bien des livres. Les plus grandes beautés de l'Écriture sainte, le dogme et la morale chrétienne, partout répandues dans les admirables formules liturgiques, l'histoire même de la religion, dans ses points essentiels, et toute la vie de Notre-Seigneur se déployant dans cette belle ordonnance des fêtes chrétiennes, tout cela constitue une connaissance très-étendue de la religion, et tout cela, c'est l'Eucologe : mais on n'y prend pas garde, on n'en tient aucun compte, parce qu'on a eu ce livre entre ses mains dès son enfance, et qu'on s'est accoutumé à le traiter avec une irréflexion, une routine et une vulgarité déplorables.

Et quant aux preuves de la religion, à l'apologétique, qui donc ne pourrait pas lire au moins, par exemple, la *Méthode courte et facile pour se convaincre de la vérité de la religion*, par l'abbé Gosselin, le premier volume du *Christianisme présenté aux hommes du monde*, par Fénelon ; les *Pensées* de Pascal, ou la deuxième partie du *Discours sur l'histoire universelle*, ou, de temps en temps, quelques conférences de M. Frayssinous ou du P. Lacordaire?

5° Quant à ceux, auxquels leurs loisirs, leur goût, leur courage, permettent de travailler plus grandement, je leur conseille, pour ne pas rester dans le vague, l'indécision et le tâtonnement, et aussi pour s'obliger en quelque sorte eux-mêmes envers eux-mêmes, de se donner leur tâche chaque année, de se fixer, en proportion des loisirs prévus, une suite d'études, ou quelque sérieux travail, et de tenir absolument à ne pas se manquer de parole et à parcourir la route tracée.

De cette sorte, chaque année on réaliserait une partie de son plan total d'études, et on poserait une nouvelle assise à l'édifice de ses connaissances. Je suis convaincu que l'efficacité de cette pratique est très-réelle. Trop peu de gens discutent ainsi l'emploi de leurs heures et prennent des engagements avec eux-mêmes. On n'ordonne pas assez sa vie et son temps : on se laisse trop aller au courant des choses ; et c'est pour cela qu'on perd tant d'heures dans le jour, et tant de jours dans l'année.

6° Je répéterai ici un conseil que j'ai donné souvent dans le cours de cette lettre, mais qui est trop important à mes yeux pour que je n'y revienne pas une dernière fois. Je voudrais qu'on ne se contentât point de lire, mais qu'on lût la plume ou le crayon à la main. Et, si on n'écrit pas pour le public, pas même pour ses amis ou pour ses enfants, — et, certes, je serais charmé que beaucoup d'hommes dans le monde se fissent à eux-mêmes cet honneur, et j'en ai connus beaucoup qui en eussent été très-capables, s'ils avaient voulu faire effort sur eux-mêmes, — le moins qu'on puisse faire, c'est de prendre des notes en lisant, et de résumer par écrit ses lectures. Et cela, pour deux principales raisons. D'abord, c'est la condition indispensable pour profiter de ce qu'on lit : si on n'écrit pas en lisant, on ne réfléchit guère, ou bien vaguement : la plume précise, formule et fixe la réflexion. Ensuite, c'est le moyen de réagir sur ce qu'on lit et de forcer son esprit à produire ; si l'esprit ne produit jamais, même en recevant toujours, il reste en souffrance dans la meilleure partie de lui-même : il perd sa principale puissance, qui est l'activité, la fécondité. Produire, c'est le but du travail. On défriche la terre ; on y jette la semence, le ciel y verse sa rosée : mais il faut que la terre donne son fruit. Ainsi de l'intelligence.

7° Mais quoi qu'on pense de ces conseils, et quelque part que l'on se fasse dans ces études, ce qui domine tout ici, ce qui est au-dessus de toute répugnance, de tout prétexte et de toute lâcheté, ce qui est mon dernier mot, comme mon premier, ce que je voudrais inculquer de toutes les puissances de mon âme et de toute l'énergie de ma conviction, c'est la loi, la grande loi du travail : loi impérieuse, loi sacrée, à laquelle rien ne permet de se soustraire ; loi universelle, de laquelle nul n'a le droit de s'exempter. C'est une nécessité, pour tout homme, pour tout chrétien, de faire quelque chose, d'employer sa vie ici-bas. Et si cette persuasion pouvait gagner ceux à qui je m'adresse, si cet appel au travail, si ce cri sorti des profondeurs de mon âme et de ma conscience émues, retentissait dans les âmes et les consciences, et allait tirer de leur torpeur et de leur illusion ceux qui ne font rien, ou ne font pas assez, quand il y a tant à faire, les obligeait à rougir d'eux-mêmes, et les décidait enfin à travailler, dans la mesure de leur force qui est celle de leur devoir, je n'en demanderais pas davantage, et je ne croirais pas avoir jamais rendu un plus grand service aux âmes et à mon pays. Je viens de plaider la cause des pauvres, en prêchant, dans un récent ouvrage, la charité. Je plaide en ce moment la cause des riches, riches de la fortune ou de l'intelligence, en prêchant le travail. Car je ne puis oublier que je suis l'évêque des uns et des autres, et que je me dois à tous, comme l'apôtre; *Omnibus debitor sum!*

Et quand je cherche dans mon âme quelle parole je pourrais dire à ces âmes que Dieu m'a confiées, et auxquelles il a prodigué ses dons et ses largesses, je n'en trouve pas de plus utile, à l'heure qu'il est, et de plus nécessaire à faire entendre à tous, que celle-ci : travaillez. Les riches, on l'a dit, sont des pauvres payés d'avance. Qu'ils ne l'oublient pas : les dons qu'ils ont reçus ne sont pas à eux, et Dieu leur en demandera compte. Le loisir, la fortune, le bien-être, l'intelligence, le talent, tout ce qui leur vient de Dieu et des hommes, tout cela ne leur a pas été confié pour qu'ils le perdent; ils le doivent à Dieu, ils le doivent aux hommes, ils le doivent à eux-mêmes. Oui, la première aumône dont chacun a besoin, celle que chacun peut se faire, mais ne peut recevoir que de lui-même, c'est le travail. Et quand le pauvre travaille pour vivre, porte le poids de la chaleur et du jour, sue, se fatigue, et quelquefois meurt à la peine, il ne peut être permis à celui qui jouit sans peine de tout, de vivre sans travailler. Non, cela ne peut être permis à personne: cela est une indignité, et un crime, et un malheur; un malheur privé et un malheur public : l'Eglise et la patrie en souffrent et en gémissent également.

Pour moi, je ne cesserai jamais de le redire, dussé-je en importuner toutes les oreilles : une vie oisive est une vie indigne; indigne même d'être nourrie, dit saint Paul dans son rude langage : *Qui non laborat nec manducet.* Une vie oisive est par cela seul une vie mauvaise, car ne rien faire, c'est mal faire; et bientôt c'est faire le mal et tout mal. Une vie oisive est une vie stérile, et la vie stérile, comme la terre stérile, est maudite! Pourquoi? Parce qu'elle boit en vain la rosée du ciel, parce qu'elle étouffe les semences, les germes qu'on lui confie, parce qu'elle donne, au lieu de fruits, des ronces et des épines; parce qu'elle trompe Dieu et les hommes. Malheur donc à l'homme, sur la tombe duquel on pourra écrire: *Voca virum sterilem*, ce fut un homme stérile. Je ne connais rien de plus redoutable que cette condamnation. Être frappé de stérilité par un accident, grand malheur; mais se frapper soi-même de stérilité, refuser, en refusant le travail, la fécondité, ne pas donner son fruit; manquer sa vie, la fin pour laquelle on est sur la terre; faire en un mot banqueroute à la société et à Dieu, malheur incomparable! Et quel est l'homme sur la terre qui est bien sûr de ne pas porter sur son front, à un degré ou à un autre, la honte de ce malheur? Que si c'est là une suprême inquiétude pour ceux qui travaillent le plus, qui emploient le mieux leur vie, et le temps rapide, et les heures fugitives, quels reproches n'ont pas à se faire ici, et quel compte redoutable à rendre, ceux qui n'ont jamais mis au nombre de leurs préoccupations, même les moins sérieuses, cette chose si grave, la plus grave de toutes, l'emploi de leur vie, et qui en perdent, si insoucieusement, qui en jettent au vent la meilleure part? Qu'on y réfléchisse : il en vaut la peine! Et qu'on accepte enfin la vie telle qu'elle est, avec le travail pour condition, et la responsabilité pour loi suprême. La dignité et le bonheur de la vie sont là, et non pas ailleurs.

Pour tout cela, une condition fondamentale, et sans laquelle nulle étude sérieuse ne se peut faire, c'est une vie réglée. Il faut, de toute nécessité, à tout homme du monde qui veut travailler sérieusement, un règlement.

Quel règlement? Ce n'est pas à moi, ici, à le dicter. Rien n'est plus personnel qu'un règlement. C'est à chacun à se faire le sien. Je me borne à poser ici le principe; et ce que j'ajoute, dans un langage simple, mais précis et positif, c'est que la journée n'a que vingt-quatre heures; nul ne peut changer les conditions du temps et de la vie.

Cela posé, si on ne se lève pas de bonne heure, tout est perdu.

Et, si on se couche tard, on ne se lèvera pas de bonne heure; le sommeil est une nécessité.

Que si, se levant tard, on déjeune tôt, c'est fini : la vie extérieure arrive, les relations vous saisissent; plus de recueillement ni d'étude possible. La journée se passe et glisse entre les mains. Et c'est ainsi aujourd'hui, et ainsi demain, et ainsi toujours. Et voilà comment tant d'existences sont vides et perdues.

Tout homme qui ne trouve pas moyen de se ménager, chaque matin, trois heures de travail avant son déjeuner, ne sera toute sa vie, je le dis sans hésiter, en fait d'étude, capable de rien.

Mon cher ami, pardonnez-moi la rudesse de mes déclarations.

Tout à vous en Notre-Seigneur.

† FÉLIX,
Évêque d'Orléans.

# TABLE DES MATIÈRES



PARIS. — IMP. SIMON RAÇON ET COMP., RUE D'ERFURTH, 1.

# LETTRES

AUX

# HOMMES DU MONDE

SUR LES

ÉTUDES QUI LEUR CONVIENNENT

PAR

Mgr L'ÉVÊQUE D'ORLÉANS

DE L'ACADÉMIE FRANÇAISE

PARIS

CHARLES DOUNIOL, LIBRAIRE-ÉDITEUR

RUE DE TOURNON, 29

1867

# LETTRES

# AUX HOMMES DU MONDE

SUR

LES ÉTUDES QUI LEUR CONVIENNENT

PARIS. — IMP. VICTOR GOUPY, RUE GARANCIÈRE, 5.

# LETTRES

AUX

# HOMMES DU MONDE

SUR LES

ÉTUDES QUI LEUR CONVIENNENT

PAR

Mgr L'ÉVÊQUE D'ORLÉANS

DE L'ACADÉMIE FRANÇAISE

PARIS

CHARLES DOUNIOL, LIBRAIRE-ÉDITEUR

RUE DE TOURNON, 29

—

1867

EN VENTE A LA MÊME LIBRAIRIE :

# ŒUVRES DE Mgr L'ÉVÊQUE D'ORLÉANS
DE L'ACADÉMIE FRANÇAISE

## DE L'ÉDUCATION

3 volumes in-8. . . . . . . . . . . . . . . . . . .

— Le même. 3 volumes in-12. . . . . . . . . . . .

Tome Ier. — *Du respect dans l'éducation.*
Tome IIe. — *De l'autorité dans l'éducation.*
Tome IIIe. — *Les hommes d'éducation.*

DE LA HAUTE ÉDUCATION INTELLECTUELLE

Tome Ier. — *Les Humanités.*
Tome IIe. — *L'Histoire, la Philosophie, les Sciences.*
Tome IIIe. — *Lettres aux hommes du monde sur les études qui leur conviennent.*

3 volumes in-8. . . . . . . . . . . . . . . . . . .

— Les tomes II et III se vendent séparém. et ensemble.

**De la Souveraineté pontificale,** 3e édition. . . 3 fr

**La Charité chrétienne,** 1 vol. in-8°. . . . . . . . 4 fr.

— Le même, in-12 . . . . . . . . . . . . . . . . . . . 2 fr.

**Souvenirs de Rome** . . . . . . . . . . . . . . . . 2 fr.

**La Convention du 15 septembre et l'Encyclique du 8 décembre,** 34e édition. . . . . . . . . . 1 fr 25

**Le Catéchisme chrétien présenté aux hommes du monde,** in-8° . . . . . . . . . . . . . . . . . . . 2 fr.

**Oraison funèbre du général de La Moricière.** In-18 . . . . . . . . . . . . . . . . . . . . . . . . . 25 c.

**Entretiens sur la Prédication populaire.** — *Prédication pastorale.—Prédication catéchistique.* In-8°. 7 fr. 50

**L'Athéisme et le Péril social,** in-8°. . . . 1 fr. 50

---

**Histoire de mes opinions religieuses,** par John-Henri Newman, de l'Oratoire de Saint-Louis de Néri, traduit de l'anglais avec l'autorisation P. Newmann par Georges Du Pré de Saint-Maur. 1 vol. in-8. . . . . . . . . . . . . . 6 fr.

**L'Oratoire de France aux XVIIe et XIXe siècles,** par le R. P. Adolphe Perraud, prêtre de l'Oratoire, professeur d'histoire ecclésiastique à la Sorbonne. 1 vol. in-8°. . 5 fr.

-- Le même, in-12. . . . . . . . . . . . . . . . . 3 fr. 50

**Anne-Paule-Dominique de Noailles,** Marquise de Montagu. Seconde édition. 1 vol. in-12. Net. . . . . . . . 3 fr. Se vend au profit des pauvres.

---

PARIS IMPRIMERIE VICTOR GOUPY, RUE GARANCIÈRE, 5.

www.ingramcontent.com/pod-product-compliance
Ingram Content Group UK Ltd.
Pitfield, Milton Keynes, MK11 3LW, UK
UKHW020918180726
13838UKWH00002B/620